医者医人无论疫情几分，消防员救火无论情形几何，机长化险为夷让飞机安全降落，这普普通通的使命感，从来都是很多普通人发自心底最基本的呼唤：尽自己努力，干好本职工作。

基鹏医生的抗疫纪事

基鹏 著

天地出版社 | TIANDI PRESS

图书在版编目（CIP）数据

基鹏医生的抗疫纪事 / 基鹏著. —成都：天地出版社，2021.7（2021.8重印）
（"华西坝文化"丛书. 第三辑）
ISBN 978-7-5455-6249-1

Ⅰ.①基… Ⅱ.①基… Ⅲ.①日记–作品集–中国–当代 Ⅳ.①I267.5

中国版本图书馆CIP数据核字（2021）第063492号

JI PENG YISHENG DE KANGYI JISHI
基鹏医生的抗疫纪事

出品人	杨　政
作　者	基　鹏
策划组稿	漆秋香
责任编辑	刘俊枫
封面设计	今亮后声
电脑制作	跨　克
责任印制	白　雪

出版发行	天地出版社 （成都市槐树街2号　邮政编码：610014） （北京市方庄芳群园3区3号　邮政编码：100078）
网　　址	http://www.tiandiph.com
电子邮箱	tianditg@163.com
经　　销	新华文轩出版传媒股份有限公司
印　　刷	天津融正印刷有限公司
版　　次	2021年7月第1版
印　　次	2021年8月第2次印刷
开　　本	700mm×1000mm　1/16
印　　张	10
字　　数	110千字
定　　价	38.00元
书　　号	ISBN 978-7-5455-6249-1

版权所有◆违者必究

咨询电话：（028）87734639（总编室）
购书热线：（010）67693207（营销中心）

如有印装错误，请与本社联系调换。

从华西坝出发

同学们好！今天我怀着激动的心情，在这里见证2018届临床医学五年制、八年制的同学，以及护理、医技专业同学的毕业典礼和授位仪式。在你们即将圆满完成学业，踏上新的人生征程之际，我谨代表全院教师向大家表示热烈祝贺！

同学们，从这里走出去，你们的身上就将被打上一块深深的烙印——"华西"。无论你是否以她为荣（当然我希望是），她都将伴你终生。不知道这些年来在华西坝上的虫鸣蚕跃、琅琅书声，有没有让你对"华西"二字生出一种眷恋和归属感。我有一次和协和的同人聊天，他说到协和人的协和情结都是从9号院的解剖教研室开始的。我想华西人的华西情结又何尝不是从钟楼边的嘉德堂（解剖教学楼）里开始的？就我自己而言，学习了解剖学后，对这个学校，以及我将要终生奋斗的事业，就有了归属感。当年懿德堂（化学楼）门前的牌匾"所过者化"，可是结结实实把我给震慑到了，以为不好好学习就会被老师用浓硫酸化掉。后来渐渐知道，这句话出自《孟子·尽心上》："所过者化，所存者神"，指君子所到之处，人民皆受教化，其精神永存。老教授们借此

巧指"化学"之功。从懵懂到体悟，立德于行，华西的精神内核就这样悄悄淌入我的血液中。我希望，华西精神也流淌在你们的血液中。十年树木，百年树人，让我们心手相携，代代相传！

同学们，一个礼拜之前，国际权威学术期刊《自然》（Nature）根据前一年发表的高质量学术论文和科研成果公布了最新的全球科研机构和大学院校排名。不出意料，华西医学院再次领跑中国。自豪之余我不禁有一个问题想问问在座的各位同学："华西偏处西南却连续多年位列全国三甲，科研竞争力雄踞榜首，你们觉得有什么特质让华西如此不同？"我相信答案不止一个，我自己的答案是"像我这样的有点小才华又缺点明显的非主流医生"在华西都能被包容接纳，略有小成，也许这就是华西的精神内核——"坝"文化。我们称母校校园为华西坝，就像哈佛校友称哈佛校园为yard（院子）而非campus（校园）一样。坝者，院落平地也。奇思妙想聚集碰撞之地，无主无客，各自精彩。欧洲人说"伟大的理论都诞生在咖啡馆里"，咱咖啡喝得少，咱喝茶，异曲同工之妙。盖因包容平和之地，思想就活跃起来。这一点上，我素来认为华西坝是颇得大学精神的要领的。精神的传承，在我在你，在后来人。所以，拜托诸位了！（鞠躬）

今天，身着学士服的你们，眼底闪烁着最亮的光。毕业，是大学的终点，也是人生的一道驿站。青春继续飞扬，医学生涯才刚刚开幕。我从你们兴奋的眼神中，也发现了一丝迷惘和犹豫。我想我很能理解，做心脏外科医生的我经常听到年轻医生这样议论："做医生太苦了，我缺乏长期坚持的动力。""环境不好，我为我的辛苦所学感到不值。""住院医生培训遥遥无期，什么时候才能成为大拿独当一面啊？""外科在消亡，医学在消亡，以后AI（指人工智能）来看病就好了。""我渴望成功但讨厌失败，乐于救人但害怕死人。"……作为师长，作为无数青春的见证人，作为你们不断前进的支持者，我想提三点建议，或许能帮到你们：

一是不要把医护工作仅仅看成一份职业，还应该把它当作一项事业。把医护工作当职业的人，都缺乏对医学本身的神圣性和厚重度的认同，终将被价值换算的怪圈吞噬。至少当下，医生或护士绝不算是个好职业，连年来医学生招收量下滑就是明证。但是我并不真的担心，当年乔布斯如果只把经营苹果公司当成职业的话，困难关头他早已放弃几十遍了。这样的人我们也不少。

二是对事业的热情并非阳春白雪，它不能凭空产生。即使有人告诉我他从小就喜欢"白衣天使，治病救人"，相信我，把他扔去ICU连值三个班就可以把他的理想和热情扯得支离破碎、一地鸡毛。在抵达自由王国之前（虽然我不认为医学有真正意义上的自由王国），我们该如何保护和培育事业热情呢？麻省理工学院的计算机博士Carl Newport给出了第

三方答案，那就是精通。应用到咱们医学领域，就是刻苦训练，并咬牙坚持。"如切如磋，如琢如磨，臻于至善"，这是北京大学史蛟教授在汇丰商学院讲演时分享的观点。她认为热情是可以后天培育的，我们可以根据价值观选择自己的事业，然后保持专注和努力直到精通其事，热情和成就感就会随之而来。通过自己的努力获得成功和热情，把命运掌握在自己手中，才是终极的自由。同学们有没有受到启发？

三是如何面对挫折和失败，并汲取营养？医学的特殊性决定了它是个不完美的学科，我们是不完美的个体。因为"健康所系，性命相托"，所以我们的医疗决策永远比其他职业承受着更大的压力。一块木板放在平地上，相信你可以轻松走过，如果把它架在百米悬崖之间呢？所以挫折和失败几乎是我们西医体系的必然。成长中的年轻医生应该如何面对呢？最近我刚好看了两集日本的"医疗意淫剧"Doctor-X，大门未知子的豪言壮语"我不会失败的"听上去很爽，但却是年轻医生成长道路上的有毒营养。因为它会成为你的诅咒，会阻碍你在最艰难时刻的洞察力和决断力。我更喜欢温斯顿·丘吉尔的名言："Success is not final, failure is not fatal. It's the courage to continue that counts."（成功不是终点，失败也并非末日，最重要的是继续前进的勇气。）心脏外科前辈Dr. Craig Smith也说："成功的要义是学会如何失败，并强势回归。从没失败过的信心是虚假的信心，而老师的职责是既要打掉你虚假的信心又要保护你负重前行的勇气。"

同学们,这个6月,因为毕业季而变得悠长。我们见证的不是学生生涯的结束,而是铸就未来辉煌的开始。从明天开始,你们就将成为华西的校友。无论身在何方,无论身居何职,当你成功时,请告诉我们,母校会为你欢呼;当你失落时,请告诉我们,母校会为你分忧;当你思恋母校时,请告诉我们,母校随时欢迎你,欢迎回家看看。母校将是你们人生旅途中永远的港湾、坚强的后盾、温暖的家!

(此文为四川大学华西医院心脏大血管外科赁可教授写给华西临床医学院2018级毕业生的毕业寄语)

序

2020年初以来，一场突如其来的疫情，撕扯着人们的生命和健康，冲击着人类文明的根基。武汉告急，湖北告急……在这样的非常时刻，一个平时大多隐藏在高光灯外的群体出现在人们视野中，他们就是医务人员。没有什么气壮山河的宣誓和动员，他们第一时间聚集了，出发了，逆行而去。于他们，疫情虽然是一场没有硝烟的战争，却也像每一天的抢救治疗要先讨论再抢救再治疗一样，他们怀着平常心、庄重感和职业心从祖国各地向湖北驰援，加入武汉这座英雄城市的英雄的人民中去，前后几十个日日夜夜，为守护每一个生命拼命。

这样的史诗般的镜头，这段历史以及我们每一个亲历者，是值得被记录的。有的人拿起了相机，有的人拿起了笔。众多的记录中，来自医务人员第一视角的叙述，显得尤为真实和珍贵。它可以从工作到生活、从团队协作到流程规范、从每个患者的故事到当地志愿者的付出，全维度多视角地把一个真实的抗疫，以及疫情中每一个不放弃努力、不放弃希望、不放弃给别人希望的人，鲜活地呈现在我们每个人面前。这是对逝者、对生者，以及拼了命托举起他们的人们最大的尊重和告慰。

四川大学华西医院第三批援鄂医疗队出发前合影

　　本书的作者,是我多年的同事和朋友,她是一个外表坚强、内心敏锐柔软的人,一个有情怀的医者。我喜欢读她的文字,喜欢那种细碎白描的文字中散出的朴素的关心和温暖,就如同饮一杯蜀地的素茶毛峰,不必留口细品,芬芳自来。我希望她的笔记能被更多的人读到,这不仅是一幕历史的见证,也是一段心灵的旅程和爱的教育,至少对我是这样。

贳　可

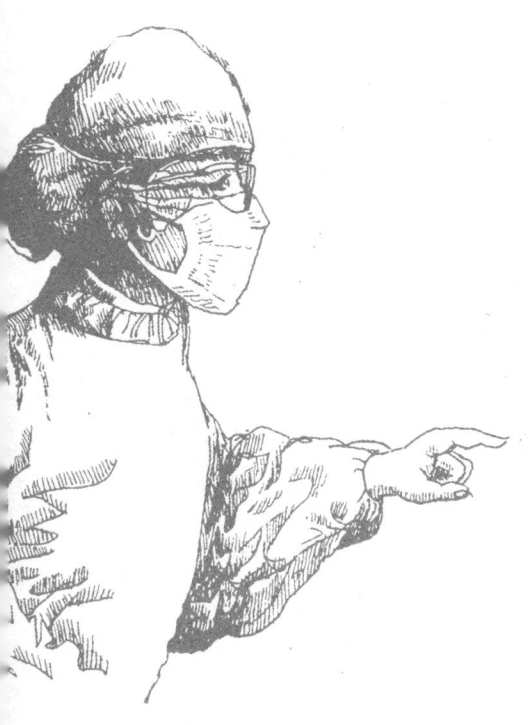

目 录

无问西东 ·· 001

  如切如磋，如琢如磨。立德立言，无问西东。武汉，我能带给你什么，而你，又会带给我什么呢？

白衣逆行 ·· 011

  恐惧往往来源于未知。初入武汉抗击新冠肺炎，作为一线医务人员的我们，同样会焦虑、担心、害怕。但是，科学抗疫，组建团队，调整心态，直面未知。这往后，穿白大褂的逆行者不过就是一群不忘医者初心，并被外界环境影响着、保护着的普通人。

所过者化，所存者神 ·································· 023

  一名优秀的医生，首先需要内心纯良，其次才是过硬的专业基础和良好的团队领导力、适应力。四川大学华西医院援鄂

医疗队在武汉留下的，不仅是我们治病救人的技术本身，还有以人为本，坚信医学绝不仅仅是科学的华西精神。

沙漠里的井 ··· 035

沙漠之所以美丽，是因为在某个地方藏着一口井。人间之所以值得留恋，是因为人间的这些人和那些牵绊。

裂缝里的阳光 ··· 043

医者很难对患者及其家庭做到完全的感同身受，医学教会我们认识疾病，缓解病痛，而患者教会我们感受一颗心、连接一颗心和疗愈一颗心。

生而平凡 1 ··· 051

在武汉最大的收获之一，便是这群可敬可爱的战友。他们专业、敬业、精业，让你明白永远有人比你勇敢和优秀。

生而平凡 2 ··· 063

这世界之所以美好，是因为有那么一些人具备让你我安心的特质，他们不争不抢不夺目不聒噪，却拥有安静又隽永的力量。Angela终于被我们治成了Angelababy，武汉的樱花开了。

一期一会 ··· 075

猜不到开头，也猜不到结尾。2020年的开始是这样，我们来武汉是这样，离开武汉还是这样。很难说我带给武汉的更多，还是武汉带给我的更多。但是，人总是需要忠于自己的内心的，想笑就笑，想哭就哭，想说爱你就说我爱你。

生而平凡 3 ·· 083

此篇是最后一篇关于我们华西医院援鄂医疗队重症救治小组成员的素描。在武汉与他们共事的60天，让我对好医生的认知更加立体。我也深知，离开了团队，个人的力量微不足道。

化身孤岛的鲸 ·· 097

护士像一群困在孤岛的鲸，职业生涯里多多少少有些被误解，被轻视。但是，在抗击新冠肺炎的前线，最辛苦的人必定是他们，没有之一。护士这个群体，值得被我们这个社会好好对待。

这个世界会好吗 ·· 113

这个世界一定会好的。因为灾难带给我们的，除了灾难本身，还有人与人之间的爱和连接，按下暂停键后对自己的

反思、对自己和周围世界连接的重新审视，以及记录、感受和灵感。

后疫情时代·································125

经历了武汉抗疫再回过头审视自己回归工作岗位后的日常，对重症医学这个学科的认识和自己角色的认知都有了些不一样的地方。时光荏苒，疫情终究会过去，而我们早已不是开始的那个我们了。

我眼中"好"的抗疫医疗队·····················131

发于疫情而并不止于疫情。我们需要思考，什么样的医疗队是好的医疗队，什么样的领队是好的领队，什么样的总结和得失是我们需要的。疫情终会过去，但不会被历史淹没，因为，这段经历我们不会忘记。下一次灾难来袭前，我们能准备得好一些吗？

后记···139

无问西东

　　如切如磋，如琢如磨。立德立言，无问西东。武汉，我能带给你什么，而你，又会带给我什么呢？

2020年2月7日，四川大学华西医院援鄂医疗队第三批队员（130人）整装出发

2月6日21:42，接到师傅（时任华西医院重症医学科主任的康焰）微信："各位，考验我们的时候到了！医院通知明天出发赴鄂，具体任务正在安排中，请各位做好准备，待命出征。有具体困难的请提出，好提前解决，以保证战斗力。"

看完微信，脑子里面一片空白，机械地回复两字"收到"。胸闷，似有千言万语不知从何说起。"出征""战斗"这样的字眼，看了一遍又一遍，揣摩了一遍又一遍，终于，我真的要去武汉了。

从2019年12月武汉疫情初见端倪开始，身为重症医学科医生的我们，其实已经意识到事态的不同寻常。学术上我们迫切希望了解这种肺炎和SARS（严重急性呼吸综合征，曾称传染性非典型肺炎）的关系，职业敏感性上我们希望能够有机会亲自跟这个病魔过过招。每天蹲在电视机面前刷疫情数据，当听到钟南山老师宣布"人传人"时，心中有一种自己的专业判断对路了的自信感和作为普通老百姓的紧张焦虑感。

谁说医生就不紧张呢？没有人是一座孤岛，从一开始我就深深明白这个道理。那段时间网上流传一个段子：如何劝导父母戴口罩、少出门。爆笑之余，同样的困扰，你以为我没有？我老爸是个固执的老头子，每天最喜欢的事情就是遛弯儿、锻炼和跳交谊舞，喊他不出门当"宅男"是个特别困难的事。再者，不戴口罩，老人家理由多得很：戴了喘不上气；四川没啥病例很安全；别人都戴了，我就不用戴了；哪儿有那么恼火嘛，我身体好着呢；戴口罩影响抽烟，买口罩还费钱。而且，医生家庭的老人家，一般不听医生子女的，因为他们心里都住了个"别人说"的"别人"，好像"别人"才是亲生子女，医生子女是小屁孩不可信。后来，一遍遍地强调戴口罩、少出门的重要性，老爸老妈也开始跟着我守着电视看，加之社会上不断地宣传教育，他们终于意识到问题的严重性。老爸老妈很敏感，他们知道也了解我的冲动和勇敢，从一开始就说："你不要去。——如果医院派你去你就去，但你能不能不要主动报名去？"

所以师傅的这条微信发来，我的第一个反应是，应该如何跟爸妈交代。大年三十，师傅问大家是否愿意驰援武汉，让大家在群里报名，我几乎想也没想第一时间就报名了。我跟师傅说："康老师，驰援武汉，抗击新冠肺炎，我报名。一来当年高考填报志愿正逢'非典'，我深受影响才选择了学医。二来我一个'光棍儿'，没有自己的小家庭，也没有需要照顾的小孩，相较我们科室的许多老师，我觉得还是尽量不要让

他们面对危险。三来我已经完成了住院医生和住院总（即住院总医生）的培训，技能上和知识经验上都有一定保证。再加上有ECMO（可以简单认为是人工心肺替代装置）的使用和管理经验，所以特向康老师请命和表达决心，希望批准。谢谢康老师。"

  高考这事确实不假。中学时代我自认成绩不赖，恰逢"非典"，也碰到了无敌超级难的数学卷子，却意外考了好成绩。没有那么多远大的志向，从小只知道好好学习考好大学的我，并不知道自己喜欢什么，热爱什么，想学什么，适合什么。妈妈说，学医好，学门手艺以后不挨饿。姑姑说，像我姑父一样干医生挺好的，以后家里人看病方便。我想起备考期间出现在电视上的那些穿隔离服的人，觉得他们还挺酷，能帮助别人似乎也不错，于是就这么阴差阳错地上了这条道，走到了现在。这回要是有机会轮到我穿着白色的隔离服保护别人，谁说这不是一种轮回。再者，关于"光棍儿"，我确实这么想。其实还蛮自私的，因为在说出这句话的时候没有过多考虑爸爸妈妈的感受。其实要感谢他们一直把我当成小孩一样宠爱，所以在我心里他们是遮风挡雨的大树和靠山，而我是可以一直任性和为所欲为的小孩。报名的时候，没有告诉爸爸妈妈，何必大过年的给他们徒增烦恼。总的说来，我觉得小孩是比成年人更需要照顾、更不能承受缺失的，所以我确确实实发自内心觉得，多去一个"光棍儿"，就少一个为人父母的同事去冒风险。幼稚吗？也许是的。而关于知识和技能的表达，我一方面刚刚结束了住院总的魔鬼培训，对自己有信心，一方面作为重症医学科医生也确实想去会一会这种高度危险的传染病，相信这对于我的职业生涯来说是一次另类的学习。带着这样半公半私的想法，我就报名了，没有一丝犹豫的那种。

然而，收到师傅出征消息的那一刻，我必须承认内心的波澜起伏。恐惧吗？是的。不安吗？是的。焦虑吗？是的。不知道该如何跟父母说我要去武汉了，不知道情况到底跟媒体报道的是不是一样，不知道医院培训时说的"武汉是战场"是什么意思，不知道防护服是不是真的穿起来很难脱起来很危险，不知道不擅家务的我能不能照顾好自己，也不知道自己会不会得病后就一去不复返。

人想做一件事的时候，通常不能想太多，想干有时候可能只需要一个理由，而不想干却能找出千千万万个理由。于是就这样略带悲壮的，我强迫自己暂停这些负面的思考，着手准备行李。

得到消息的时候，我还在医院值班，一转头发现一个护士在哭。我问她："你也要去武汉吗？"她说是的。我心头一沉，这还是个两岁小朋友的妈妈，也要跟我当战友了。我拍拍她的肩膀，对她也对自己说，我们都会好好的。

先给导师打了个电话，她一直是一个自我能量很充沛的女人，我几乎不假思索地觉得要先告诉她。后来回想，那时候我可能本能地想从她

那里得到支持、鼓励、勇气和决心。果不其然，电话里我们聊了聊，也听她说了说她的导师近期的一些遭遇和如何坚强。她对我说，好好干，没问题的。挂了电话，内心涌动的是满满的熨帖和能量。不知道你身边有没有这样的人，他们经历了太多生活的风霜雪雨，再遇到所谓的考验都好比过眼云烟：没什么大不了，一定会好，一定会过去，无非就是一段又一段的经历而已。这样的人在你身边，比你勇敢，比你坚强，比你笃定，他们像一个个小太阳，在你犹豫茫然彷徨不知所措的时候拍拍你，跟你说，没事的，往前走。我很庆幸自己身边有导师，有付姐姐，还有其他的他和她，在这种我特别需要被注入勇气的时候，永远站在我身边。

接下来的电话是打给妈妈的，我用尽可能云淡风轻的语气跟她说，科室派我去武汉，明天出发，帮我准备行李，第二天一早下夜班回家拿了行李箱就到医院整顿出发。妈妈在电话那头发出了吃惊的声音："科室派你去武汉啊？"但是她在电话上并没有多说什么，叮嘱我把行李清单发给她，立即着手帮我准备。其实我跟父母的情感一直是如此，你明明知道你们之间的感情是什么样的，但是你就是不想也不敢说出来，让它赤裸裸的，我也不知道自己在害怕什么。电话里我甚至不敢安慰妈妈，虽然我知道她一定很难受很担心。我想，还是因为自己不够强大，我不知道当她说"你能不能不去"或者她哭的时候，我的心是不是足够坚强和冷静，能不能支撑她的脆弱。所以，我只能选择用忽视草草结束我们的对话。

接下来在值班室辗转难眠。医院的公众号发布了出征武汉的人员名单，一时间手机炸了锅。家人们好友们连环呼叫，各种啰唆和叮嘱；贲叔叔和冯老师说医院把我的性别搞错了，让我赶快去改，免得分宿舍闹出乌龙，我知道他们看得这么细致完全是基于对我的关心和爱；甚至许久不联系的同事朋友纷纷发来消息。一时间自己喜忧参半，被人爱着总是好的，但是大家剧烈的反应一遍遍提醒着我，这趟武汉之行注定不平凡。

后来我躺在值班室的床上不再回复消息，一个人哭了好久。我也不知道是为啥，害怕、恐惧、焦虑，还是……生命可能定格在35岁，却还有一大把没有实现的梦想。此刻，我不是医生，不是即将去前线的医务工作者，不是你们口中"勇敢的人"，我只是一个无比珍爱自己生命、对未来怀有梦想和希望、渴望活下来的普通人。

天亮了，按部就班地交班，把娃们交给同事。他们拍拍我说："加油，保护好自己，回来给你接风。"眼睛酸酸的。

到家了，检查妈妈收拾的行李，自己又胡乱塞了一通，纠结是否需要带电热毯和尿不湿。出门前选了一个粉红色的民用N95口罩戴上，这是女孩子家的小心机：好看。妈妈说一定要安全回来。抱抱爸爸妈妈，不

敢看他们，头也不回地便一个人上了去医院的出租车。不准爸爸妈妈送我去医院，那个场面太过伤感，就让一切都定格在"我只是去出差了，如此而已"。

再往后的环节极其恍惚。隐约记得跟师弟一起合影，陈院士给我送药，沛沛来送行，吃盒饭，医院搞了简单的培训和出征仪式，重新念了希波克拉底誓词。师傅大声说："我要把大家完完整整地带出去，一个不少地带回来。"眼睛再次酸胀。我们这130个人，大家，一个，都不能少。

在机场第一次拿到姓名一栏手写的机票，航班号3U8101，日期07FEB，没有登机口，登机时间15:30，从成都出发，前往武汉。

航班上一路无言，似乎睡了一觉。一直戴着粉色民用N95口罩，睡得也不踏实，太闷了，也不敢摘。飞机在天河机场落地时颠了两下，自己的心也跟着颠了几下，身边几位护士默默换上了医用N95口罩，我感觉自己的心也跟着沉了一截。

武汉，我真的来了。未来的日子，我会带给你什么，而你，又会带给我什么呢？前路未知，无问西东，害怕却也还坚定吧。

白衣逆行

恐惧往往来源于未知。初入武汉抗击新冠肺炎，作为一线医务人员的我们，同样会焦虑、担心、害怕。但是，科学抗疫，组建团队，调整心态，直面未知。这往后，穿白大褂的逆行者不过就是一群不忘医者初心，并被外界环境影响着、保护着的普通人。

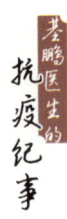

四川大学华西医院第三批援鄂医疗队从双流机场出发

来到前线4天多了，期间不断收到亲朋好友的问候，温暖而又感动。一直想提笔写些什么，又不知从何说起，那不如就来回答回答你们关心的问题吧。

武汉情况到底如何？

讲真的，我不是很清楚。这两天基本都在各种安排中，熟悉工作环境和梳理流程，倒还真不如在家的时候能及时关注到疫情第一线的概况。但我想，对于我们一线人员来说，就应该既来之则安之，做好本职工作，做好个人防护，认认真真干活，创造机会争取多一个人活下来。

但我还是得说，也许我的观察并不客观，这里的真实情况也许真的并不如有些消息说的那么糟糕。至少我看到住院病人的治疗在有序进行，我们在流程上希望把病人按照轻、中、重分级管理，我们昨天申请

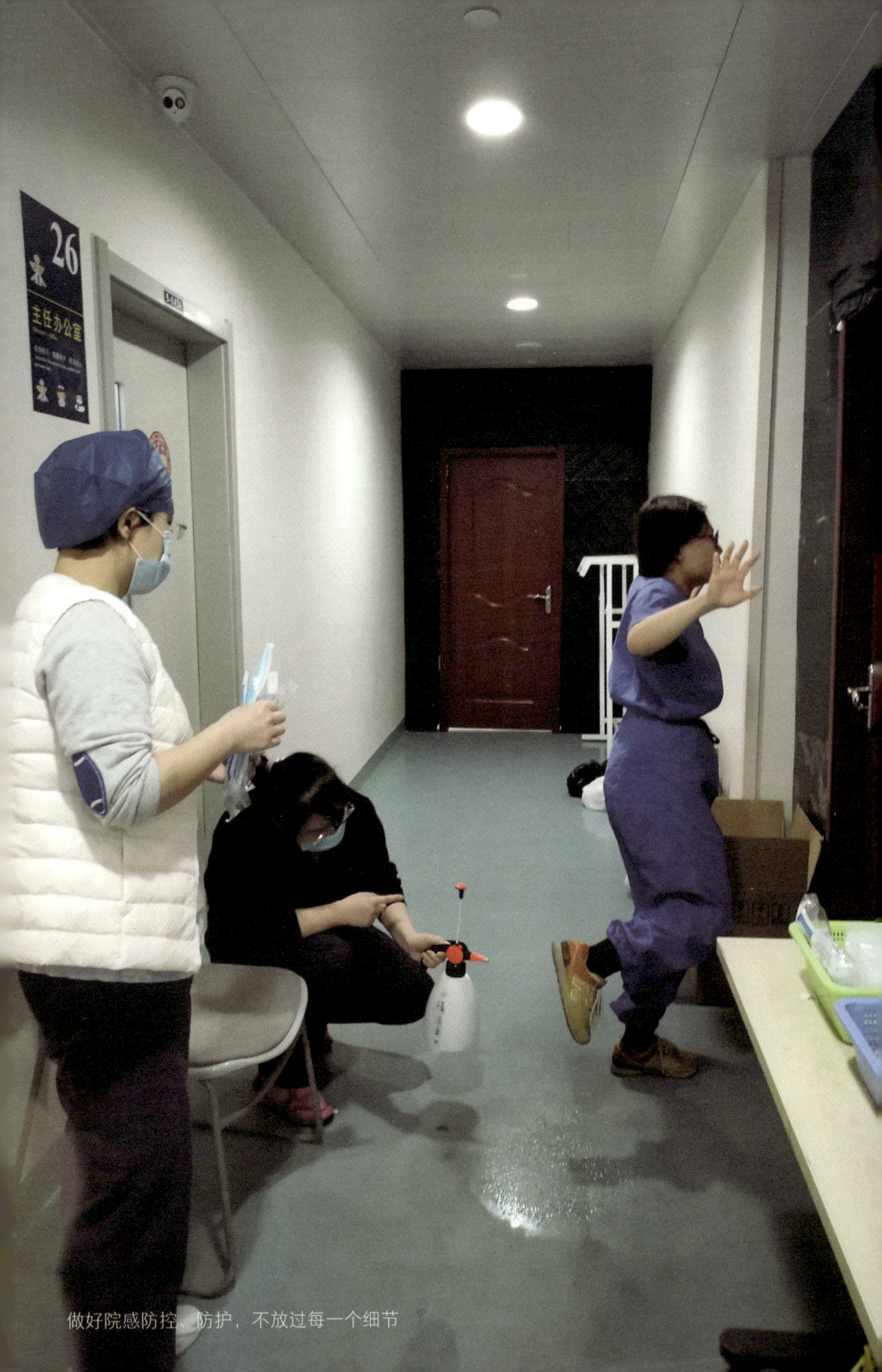
做好院感防控、防护，不放过每一个细节

的呼吸机今天上班就已经看到,我们每天都在群里讨论如何让工作更加高效,如何通过各种手段缩短我们医护人员和患者之间的物理距离。所以,一切都没有那么糟糕。

安全吗?

讲真的,还是害怕。"白衣天使,逆行英雄",真实的心情,还是怕得病,也怕死。毕竟被通知出发的那天,还在代住院总的岗位上,在值班室里辗转反侧。我们都是社会人,有自己的社会身份和难以割舍的亲密关系,不能总是"用爱发电",也不可能不顾及自己身边的人。说起来,被关注的是我们这些冲在前线的人,不容易的却是在家里担惊受怕的他们。所以,怎么可能不害怕?

出发前跟敏敏师弟(何敏)吵架。他的小孩1月份出生,他非要报名。我说:"你他妈跑去干啥子?武汉缺你一个吗?娃儿百天都没过,有啥子必要。"他给我说:"我真的想来,需要医生的嘛,我是ICU的,用得上的嘛。"其实真的没有那么多荡气回肠的请愿和告白,唯一的理由,就是我们重症医学科人或者我们医生把救命视为本能,但这并不意味着我们是不顾自身安危的憨憨。

华西医院重症医学科党支部出征时合影

来了以后，层层部署的院感防控让我感慨良多。大到如何做个人防护，如何把工作区域规划得更完善更安全，小到在医院咋个穿衣服洗澡洗衣服，回宾馆咋个消毒换口罩擦鞋底板，回房间咋个脱衣服洗澡洗衣服，甚至衣服挂在哪里房间咋个消毒，都有院感老师定流程。穿脱防护服有院感老师帮忙守着，昨天脱防护服发现没有镜子，今天就买来准备安装。所以，保全自己才是首要的胜利。虽然这个"小目标"立得可能太早了些，但至少团队是想尽了一切办法保护我们。虽然不见得绝对安全，但是已经没那么害怕。

累吗？

累。身体累，心也累。毕竟我是一个干不来家务的人，个人卫生也做得平平常常，柔韧性和自理能力也不咋地。现在每天要洗澡30分钟以上，洗手洗成强迫症，衣服天天换天天洗，天天用84消毒液泡衣服，房间每天擦拭消毒，脸蛋也要洗个好几遍，感觉自己每天都徜徉在泳池里面呜哇呜的，千年万年的"面条"都要搓得没得了。

但是说起累，我们比武汉当地的医生差远了。毕竟我们的身份是被放大的后来者，他们可是从1月底持续工作到现在的。在武汉大学人民医院东院区，第一次夜班，我跟一起上班的丁医生闲聊了几句。他个子不高，话不多，双眼布满血丝。他说自己是广西人，武汉大学毕业，连续22天每天上班，3天一个夜班，下夜班就自我隔离。我不禁在想，这种情况下，全医疗系统不分专业全院动员尽全力收治所有患者的情况下，能做的他们可真的都做了，没做的他们可能也在想办法做吧。来之前读文献，是关于流感暴发后ICU应当做哪些准备的。文中说，下一次流感暴发将不可避免，问题只是什么时候发生。文中也说，评估医疗系统的准备和可能的风险，没有任何一个系统有足够的应对流感暴发的能力。因为，它不同于自然灾害，它不是来了很快能走的单次破坏，它是绵延不断的冲击，它对物资、人员各方面的消耗是持续的并且不知道会持续多久。

所以，我在想，我们的国家，我们的卫生系统，我们的流行病学预防，我们的物资供应，当然有诸多不完美或做得不好的地方，但是这些连续22天除了上班就不做其他事情的人，难道他们的付出可以随意被抹杀吗？李文亮医生走了，我们哭我们骂我们心疼，可是还有千千万万个李文亮在这里啊，还有千千万万个站在背后试图以各种方式保护李文亮的人，他们又可以被忘记吗？

在前线认真工作的每一个人，都值得被尊重。在我看来，他们比网上"出谋划策"、指指点点、光说不动，不了解实际情况就发表言论，

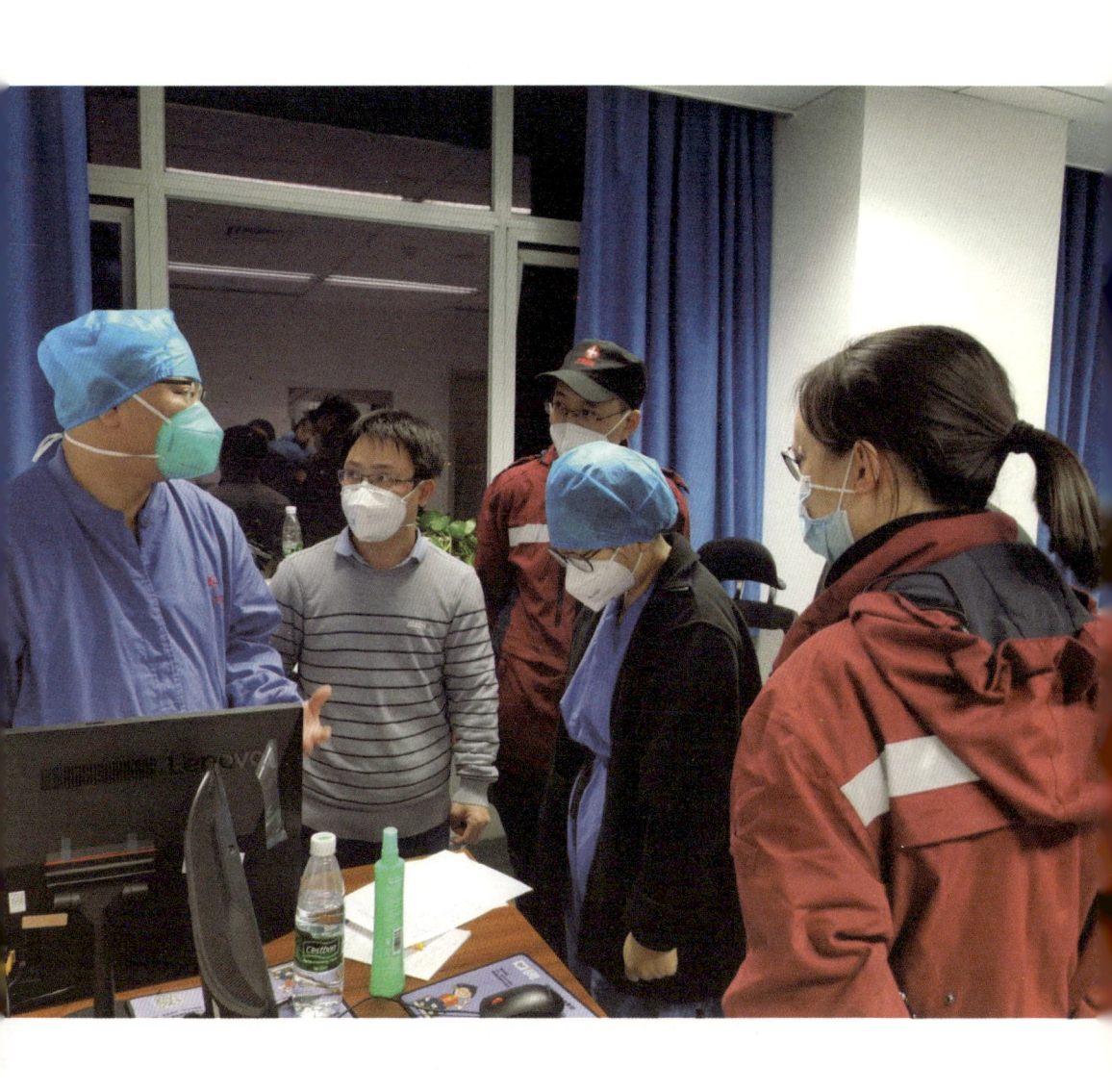

到武汉后的第一个夜班，跟武汉大学人民医院东院区的医生交接班

或者了解了一点消息就自以为是高谈阔论的人，亮堂一万倍。

所以，不管是在一线还是在后方，保护好自己不受病毒侵袭，相信我们的国家，也请相信这些勤勤恳恳做事的人，给彼此多一点宽容和信任，可能一切都没有那么糟糕。比病毒更糟糕的是人心的恶意解读和揣测，不是吗？

下午又看到丁医生，他今天夜休来医院交资料。他问我，53床怎么样了？所以你看，这就是这个岗位的人的本心呀，每个人都差不多。就算结果和过程未见得尽如人意，可是有很多很多人的真心。你看到了吗？

抑郁吗？

完全不。这话是真心实意的，至少目前是不。一来可以在被需要的岗位发挥自己的能量，二来在这里的人要叫战友而非同事了：每天在群里叽叽喳喳，"北欧式"排队坐电梯，吵吵闹闹定流程，穿脱防护服互帮互助，上下级之间、不同职称者之间以及医护之间的距离明显被缩短了。拍个照片，做个视频，给队友剪个头发（当然是正式进驻医院之前），在防护服上写上加油鼓励的字……这些珍贵的时刻，不管将来何时回想起，都会是难得而又美好的回忆吧。

护士才是最值得钦佩和爱护的人

一直以来医生似乎是比护士更有知识、权威和分量的职业。俗话说，医生的嘴护士的腿，就形象直观地表达了这种观点。你看网上写的大幅采访和报道，大多是某某主任某某院长某某领队讨论疫情或者开发了某项新技术，没几篇文章是追踪这些护士的，好像他们的工作都是琐碎和微不足道的。可是你知道吗，这次在一线，最值得钦佩和爱护的医疗岗位，必须是护士。我当然没有否认医生价值的意思，我们医生查看完病人做完操作可以在隔离区以外处理医嘱记录病程，只有护士才是24小时不间断持续待在病房照顾患者的人。因为隔离病房的设置，各种岗位人员都在急剧缩减，所以护士又是身兼数职的那个人啊。打开水、发饭、打针、输液、做床旁心电图、做血气分析、测生命体征……所有你能想到的想不到的护士该干的不该干的事情，都是我们的护士在干。

都是爸爸妈妈的孩子，将心比心，这些默默无闻处理医生医嘱，实践医生想法，观察病人病情，却要冒着可能比医生更高的被感染风险的护士，值得我们尊重和关爱，值得我们记住他们每一个人的名字，值得我们想办法优化流程保护他们，值得我们开发硬件和软件减轻他们的工作压力和负担，值得医院给他们增加薪水，值得提高他们的社会地位，使他们得到全社会的善待和尊重！！！

所过者化，所存者神

一名优秀的医生，首先需要内心纯良，其次才是过硬的专业基础和良好的团队领导力、适应力。四川大学华西医院援鄂医疗队在武汉留下的，不仅是我们治病救人的技术本身，还有以人为本、坚信医学绝不仅仅是科学的华西精神。

基膦医生的
抗疫纪事

华西医院第三批援鄂医疗队部分队员合影

《孟子·尽心上》曰:"所过者化,所存者神。"这句话是说君子所到之处,人民皆受教化,其精神永存。

上一篇战地笔记推出后深受大家的喜爱,有些许惶恐。想来也许是从一线医务人员的角度平实记录点滴的方式打动了大家,又或许是关于尊重护士老师的观点被认同。但是不管怎么说,谢谢你们的认可,虽然我知道,这其中绝大部分并非对我个人的认可,而是对整个医疗行业的善意,在此一并谢过大家。也因此,希望自己能抽时间把这个系列继续下去,也算是对这段难忘经历的整理和总结。

今天,让我们来回归我的专业,从医疗角度谈谈我们做了些什么,我们的困难和希望是什么。还有更重要的,我们的医疗团队是如何践行"所过者化,所存者神"的华西精神的。

团队是一切工作的基础

对于我们援助武汉的医疗团队而言，工作上需要面对的第一个困难可能是适应重组的新鲜集体，以及适应新环境下的特殊工作方式。

我们团队是临时组建的以重症医学科、呼吸科和传染科的医护人员为主体，并包含心内科、老年科、肾内科、内分泌科、中医科等亚专业同事的队伍。这种大杂烩式的组合，就好比平时习惯了油爆爆热辣辣的火锅，突然加入了烤羊肉、肉夹馍、甜水面和清蒸鲈鱼，要彼此兼顾口味。每个人都有自己熟悉的一套工作方式和思维方式，也有自己的特长和擅长的专业领域。比如，我们ICU医生性格"简单粗暴"，毕竟经常面对抢救、大出血之类的大场面，连语速都要快上几分，而内科医生往往温柔心细，在梳理病人的用药方案、精细调整治疗方面有他们独到的地方。

为了兼顾大家的优势，弥补专业知识上的欠缺，团队做了如下几方面安排（仅从我自己观察的角度）：

三人一组组成战斗小分队

基本上每个小组有一名ICU专业的人员，搭配内科资深背景的老师。因为ICU的医生对呼吸支持和器官功能维护更为敏感和熟悉——这也是本次疫情处理起来最为棘手的部分，内科老师们往往对慢病管理和诊断更为擅长。比如，我们团队的"队宝"徐原宁老师，只要把心电图传给他，一分钟出结果。这极大缓解了我们在既往诊疗模式里专科问题需要请专科会诊的情况，因为，重要专科的老师已经被我们"拐"到了前线。

劳逸结合的团队工作模式，杜绝单打独斗的英雄主义

我们团队按照医生8小时一班、护理4小时一班的模式轮班管理病人。这样的好处在于每个人都可以得到充足的休息，以饱满的精神状态投入工作。在网上看到工作10多个小时的同行甚为心痛，因为我们都明白一时喷涌的肾上腺素保护不了自己，吃好睡好提高免疫力，才是长期作战的不二法宝。

梳理流程，建立共识

面对这样一种突如其来，又尚未对其致病机理和治疗方式了然于胸的疾病，不同专业的医生自然有其不同的认知和考虑。为了统一作战目标，实施标准化管理，团队成员在阅读大量文献和听取各种专家意见后，制订了我们自己的管理流程。这样做帮助我们确定了相对标准的治疗手段，即使轮班、交接也不影响患者的总体治疗进程。

分级管理，有的放矢

鼓励新入院患者主动添加医生工作微信，方便行动能力尚可的病人通过微信随时跟医生沟通自己的病情，对重症患者则加强护理巡视频次、护理强度以及查房强度。这种管理方式，让医生有更多精力关注到那些病情可能迅速恶化的高危患者。我们入驻以后，对营养状况不佳的婆婆爷爷，使用中心静脉置管肠外营养的方式改善营养状态，调节一般情况，通过床旁彩超实时评价心肺功能，快速购置呼吸机丰富呼吸支持手段，就连家里的床旁血气检测仪和血气片都搬来了。举家迁移的方式，希望能够在不过多增加当地医院工作负担的情况下，实现快速床旁可视化诊疗，动态滴定评估优化治疗手段。

文化能把战略当早餐吃掉（Culture Eats Strategy for Breakfast）

之所以要说这个，是因为我深深感受到，一个团队的良性运转光靠制度和规矩是办不到的。在我看来，大家一起高效率工作有几个前提：令人安心的工作环境，令人信服的团队领导力，融洽和谐的工作气氛，类似的价值观和使命感。换言之，快速在团队内部建立信任、协作、融洽、允许speak out（畅所欲言）的工作氛围，是一切工作有序开展的先决条件。我们团队在这方面有几件事让我印象颇深：

有担当和亲力亲为的领导力

我们重症医学领域的诸位权威专家，现如今基本都在武汉第一线"镇场子"。昨天看到一则报道，称全国10%的重症医学科医护人员目前都聚集在湖北一线开展工作。其实不管是2008年我们四川"渡劫"的时候，还是现如今武汉身处水深火热的时候，我们重症医学科的前辈们都是这样前赴后继，绝不拉稀摆带，哪里最需要就去哪里，好似重症医学科人血液里携带的就是"挑战高难度的大无畏"基因。那天东南大学附属医院重症医学科主任邱海波老师来看我们的病人，他叮嘱我们："我们医护啊，要给我们的身体穿上防护服，但是千万不要给我们的脑袋也穿上防护服。"我一想，还果真是，做好防护的前提下，不要让我们的治疗减分，不要让我们跟病人的距离拉远，该做的就得尽力去做啊。

说到这里，我想起我们主任康师傅。滚氧气瓶进污染区，给病人戴高流量鼻塞，做深静脉置管，翻俯卧位……他大可以动动嘴皮子给个医嘱就完了，他干吗要亲力亲为呢？我想，那可能是因为，他多么迫切地希望能帮到这些病人，希望他们早点好起来，早一秒得到该有的照顾和治疗。他的行为完全出自本能的驱使，正如他说"我不想他死的嘛"。

第1次进隔离区，跟康师傅去查房

我无意于溜须拍马给师傅戴高帽子，可是这种榜样的力量对我自身的影响很大很大。还记得前天师傅带我进去给病人穿刺中心静脉，他问我："你是不是有顾虑？"我说是。他说："你不要怕，我带着你。"我想很久很久以后，我可能都会记得，曾经穿着厚厚的防护服，戴着护目镜，跟师傅一起查房看病人，以及他给我说"你不要怕"。

MDT（多学科会诊）讨论制度

为了尊重不同学科领域老师包括护理老师的意见，每天下午我们病区有一个MDT病案讨论的环节，在充分沟通交流后综合得出一套个体化的治疗方案。其实这个环节是非常重要的不同学科交叉碰撞的环节，学术的事就拿到学术的台面上来说，有交流，有思考，有交叉，有尊重，有进步，这大概也是"海纳百川"的华西精神的一部分吧。

医疗绝不仅仅是科学

如果你以为病人真的是靠我们给两三颗药，输两三天液就好的，那你就大错特错了。对于这种暂时没有特效药的病毒感染而言，医生的作用更多的是给予可能的对症支持治疗以及可能的抗病毒治疗，等待机体强大的免疫力恢复，最终把病毒打败。所以一板一眼的用药抽血，只是医疗的一个方面。而医疗也绝不可能被AI（人工智能）所替代，因为医学更是人文，是艺术，具有与人交流的学科属性和魅力。

如果你从来没有在隔离区工作过，你大概难以想象病人们背负着多么重的心理负担在住院接受治疗。他们中有的人可能已经在这场疾病中丧失了至亲，有的人对于能否活下来惶恐不安，有的人觉得自己拖累了家庭受到了歧视，他们的创伤可能远不止于躯体病痛那么简单。而我得特别感谢我们小组负责心理治疗的老师。杨老师说话温柔，如春风化雨，她用手机加了病人的微信，点对点解答他们的心理困惑，又时常去床旁直接面对面进行心理干预。薄虹师姐说："我们找一点彩色的纸给病人写上祝福的话送给他们吧。"护士长说："我们做个生活包放在病房吧，里面放上从我们自己的物资里腾出来的指甲刀、纸巾、秋衣、秋裤等生活物品，可以供病人按需使用。"我给周叔叔说："你帮我想想办法整点水果吧，我们的病人好多低钾，胃口不好，整点橘子他们好换换口味。"病人婆婆说："我想吃鸡蛋羹，想吃有味道的东西。"康师傅问她要不要点豆腐乳让胃口好一些，说完就把我们医疗队准备的豆腐乳拿给婆婆。赁叔叔说："我姐他们要捐物资给前线，你们医疗队还需要什么？病人还需要什么？"

我想帮助你，我想让你好起来，我想看看你口罩背后的笑脸，就是

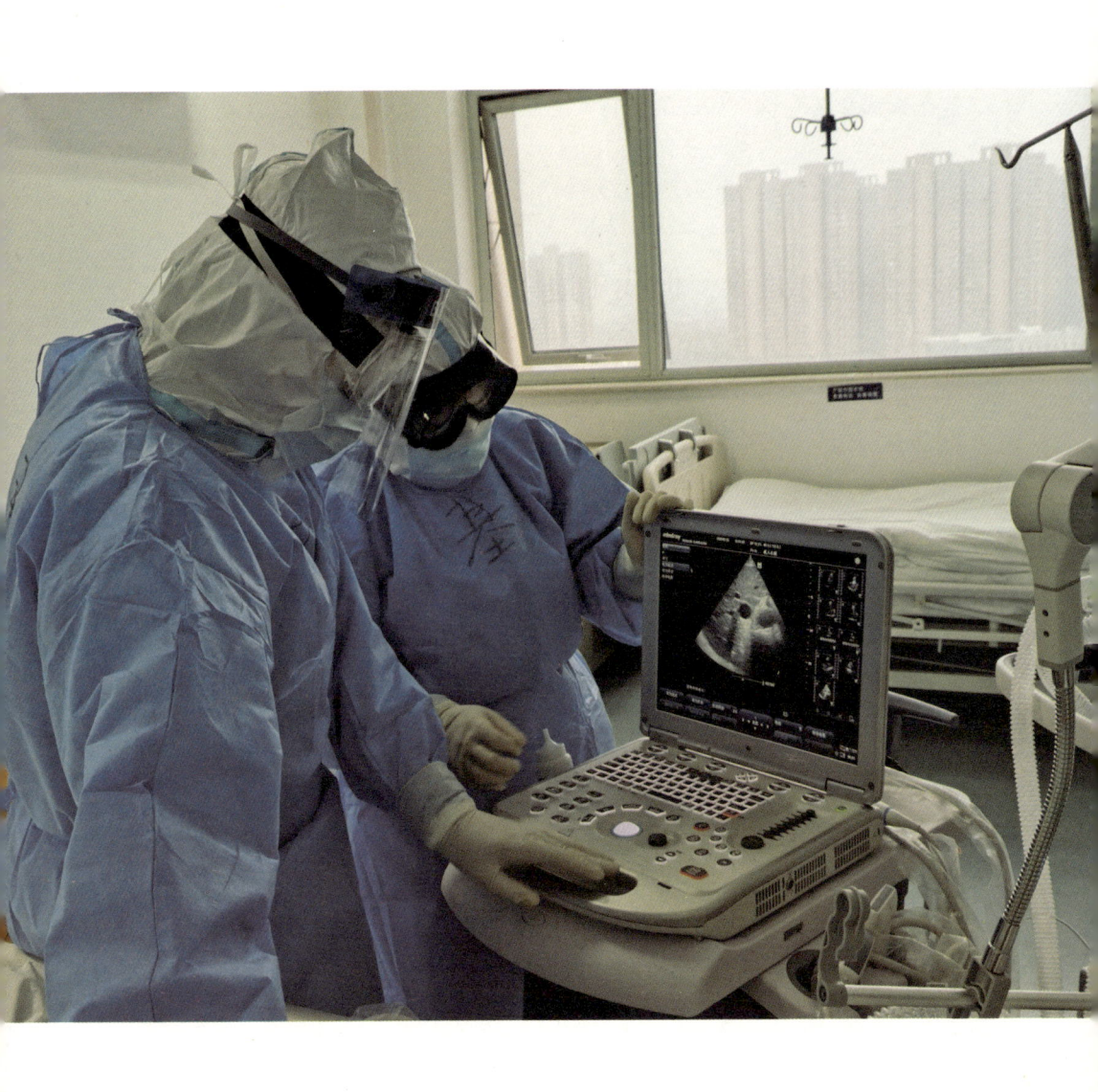

基鹏和华西医院ICU副主任医师尹万红在一起讨论病情

所过者化，所存者神 033

这个病房和关心这个病房的所有人的简单心愿，如此而已。

我不知道你是谁，但我知道你为了谁

情人节的时候，每天接送我们上下班的公交车师傅发来一条微信，他说："我不知道你是谁，但我知道你为了谁。武汉感谢你们，情人节快乐。"寥寥数语，却是我收到的最美好的情人节祝愿。今早保洁阿姨给我说："我的眼睛好些了，谢谢给我拿药治疗的华西团队，真的谢谢你们。"路上偶遇志愿者车辆，司机看到我们的制服专门停下来喊道："谢谢你们，支援武汉的医务人员！武汉加油，中国加油！"

你看，在灾难、疾病、公共危机事件面前，有那么多你看不到的地方，有那么多铆足劲贡献自己力量的人。这种质朴真诚的情感，让人不由得感叹，"所过者化，所存者神"，人们往往忘了你具体做过什么，说过什么，但他们永远不会忘记你让他们感受到什么。希望我们这群人，可以不愧华西援鄂医疗队的称号，可以将我们的精神洒在这片土地。

沙漠里的井

　　沙漠之所以美丽，是因为在某个地方藏着一口井。人间之所以值得留恋，是因为人间的这些人和那些牵绊。

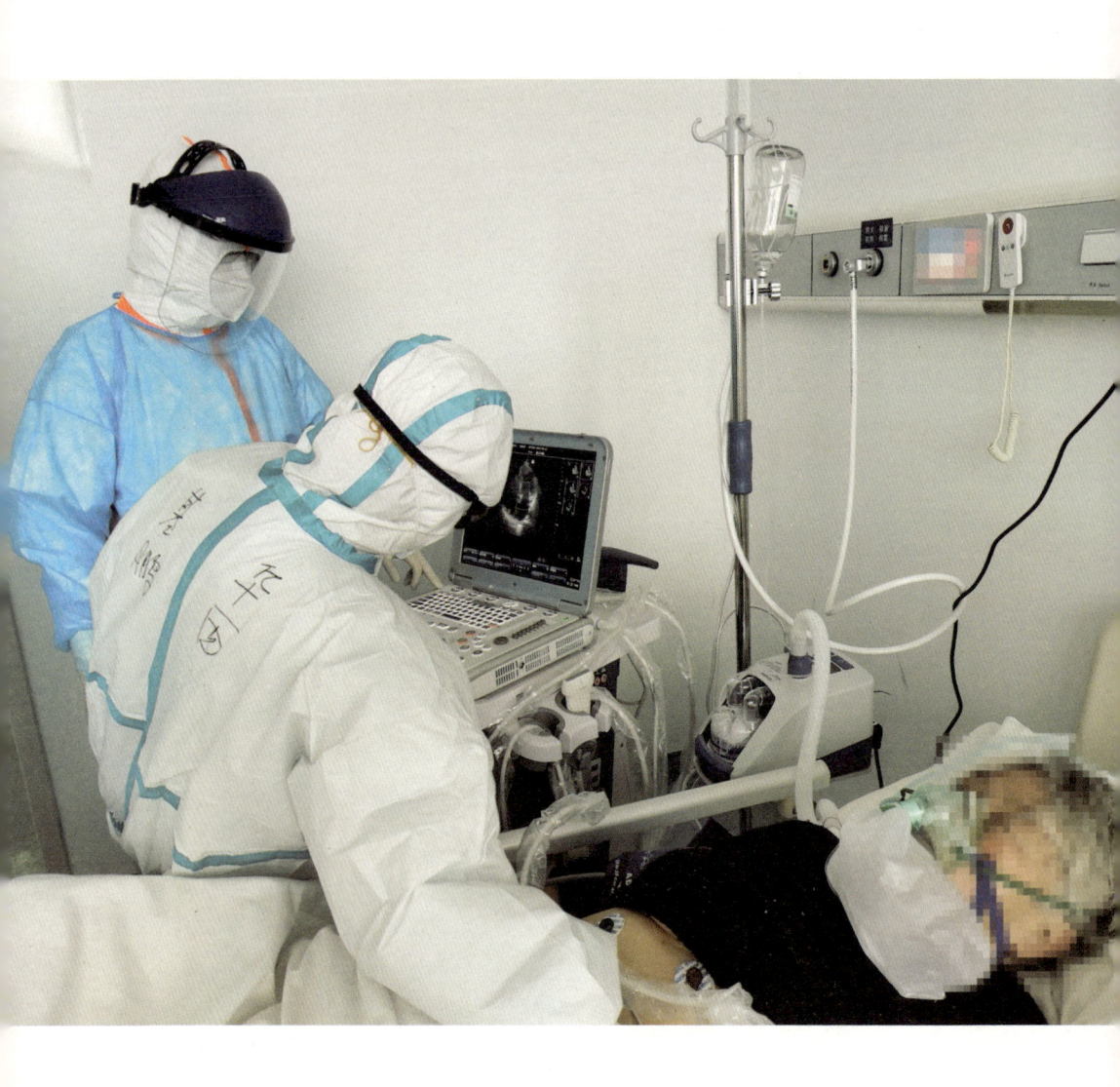

华西医院第三批援鄂医疗队第一例床旁心脏彩超检查

我怀念心无旁骛、专注救人的时光

这段经历，像极了特鲁多医生的那句形容医疗实践的名言：有时是治愈，常常是帮助，总是去安慰。在前线的这些日子，除了吃和睡，生活只有一个主旋律，就是怎么把病人管好。

9天前，吴爷爷病情突然加重，我跟师傅一起进去抢救。一进门，师傅即接替护士老师给爷爷托起下颌、捏呼吸囊，保证爷爷有充足的氧气供应，与此同时嘱托护士老师迅速准备气管插管需要的物资和药品。麻醉师小胖几分钟后抵达战场，给药插管一气呵成。插管完成后，小胖没有离开，帮助我们一同稳定爷爷的呼吸和循环功能，保证氧饱和度和血压都达标。通常的理解里，气管插管是高风险操作，因为开放气道可能产生气溶胶，增加传染风险。事后微信聊天才知道小胖居然是我大华西2015年毕业的研究生，毕业后来这家医院工作，新冠肺炎疫情发生后小胖和师弟一同负责全院白天的所有气管插管。我问小胖："为啥你们医院选你啊？你那天插完管咋不走呢？"他说："我想既然要做就要做好，我怕一个细节不好就会导致大问题。这件事总得有人做，一样哈。"

8天前，楼下病房里名字很诗意的叔叔呼吸功能恶化，请求紧急支援。师傅派出我们团队三员大将帮助抢救，待呼吸功能稍稳定后转运至我们病房继续救治。这样的病人转运风险极高，评估能不能转，用哪种方式转，甚至走哪条路转，都是不能回头的困难选项。但是这位叔叔只有40多岁，瞻前顾后的话，抢救的黄金时间可能就错过了。最终，优秀的师兄小分队把叔叔安然无恙地带回，6天以后他成功地脱离了呼吸机。期间治疗的辗转和团队在床旁的守护姑且不论，单是疫情当下能够维持这份自信，坚持救人的初心，该出手时果断出手的担当，如今每每想起来都觉得够吹好久的牛。跟这样一群优秀的人共事非常幸运，需要的时候他们绝不拉稀摆带，不光有勇还有谋。

5天前跟"队宝"老徐"吵架"了。起因是观点不同，对周婆婆的病理生理和可能的救治手段产生了分歧。因为在意，因为害怕出错，所以就要据理力争。其实这种情况在日常工作中比比皆是，与其说是"吵架"，不如说是激烈的"学术讨论"。人体是如此奇妙的细胞、组织、器官、系统的组合，系统之间有着千丝万缕的连接和影响，而且越是危重的病人，往往很多脏器的功能越不正常，这就可能导致治疗方向上存在很大矛盾。于是争论开始了，为了多给500毫升液体还是少给500毫升液体吵吵闹闹，为了是不是肺栓塞吵吵闹闹，为了呼吸机用什么模式吵吵闹闹，甚至为了每天给多少克蛋白质，用什么抗生素吵吵闹闹……这些很正常，因为每个人有自己独特的培训经历和知识库，擅长的领域不同，自然关注的东西和看问题的角度也有所区别。在争论的过程中，你可能发现自己长期以来固有的认知是错误的，你可能发现居然有个奇怪的人会从这个角度思考问题并且好像他是对的，你可能发现你以为你懂的东西你根本就不懂，还需要看更多的文献来搞透彻，你也可能发现原来还有另外的方式和思路解决问题。比如，张凌老师说二氧化碳的清除可以把膜肺连接在CRRT（肾脏替代治疗技术）管路上试试，虽然在加拿大见过，但是早已忘记这个技术的我，听到他提起不禁想拍大腿，想大叫"你咋这么棒"；比如，老徐告诉我心脏的舒张功能不全到底应该如何纠正；比如，护士老师说，我们这种输营养液的医嘱方式不可取，容易造成混淆，产生错误；比如，今天下午讨论的病例，神经内科专科医生竟然能够从一张片子上大致判断出脑梗死发生的时间和原因，让我这个神经系统知识极度薄弱的小白接受了一次全方位的科普。

　　医学是一个知识内涵极度丰富和庞杂的学科，而重症医学就是其中各种矛盾和问题的集中综合体现。在医学高度专科化的今天，太多时候我们故步自封局限在自己的学科领域，忘了山外面可能大有高人。因此

基腾医生的抗疫纪事

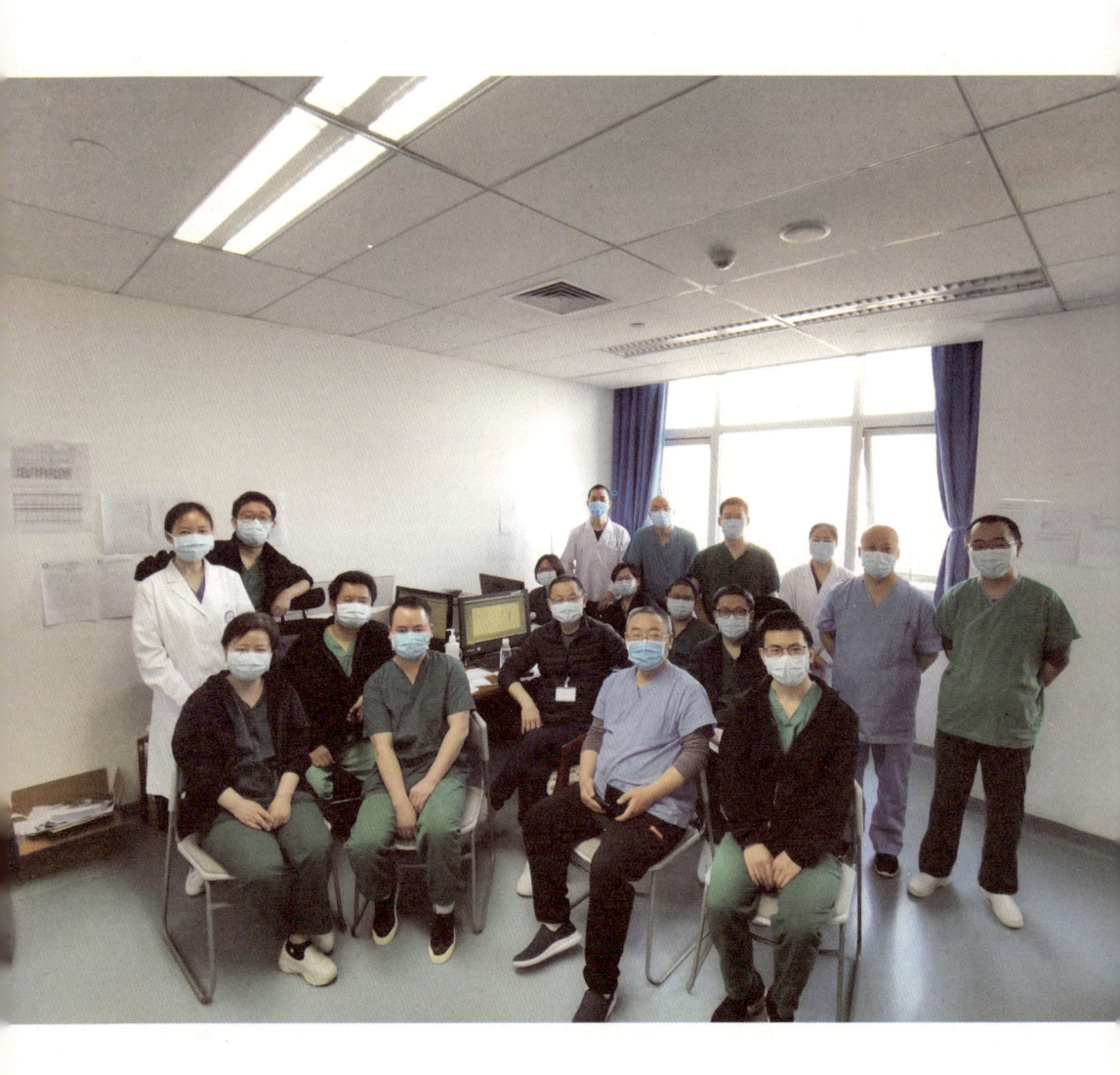

华西-武大新冠肺炎重症救治中心23病区重症救治组部分人员

这样的讨论和交流，好用好气也好笑。文质彬彬的可能是电视里的假医生，脸红脖子粗扯着嗓子说你凭什么要补液，然后喝着"肥宅水"点开文献默默从中找出支持自己观点的句子，还要赶快截屏给对方看，才是我们日常的交流方式。当你知道这所有的讨论或者争论都是为了病人有一个更妥帖的治疗方式，有一个更好的结局，知道我们为了在下一次吵架的时候更加有理有据所以要继续看书，那么就能够理解为啥讨论结束以后气鼓气胀觉得老徐不可理喻并跟赁叔叔控诉一晚上的我，第二天又能跟老徐嬉皮笑脸开玩笑。不过，我现在还是认为他的部分观点是错的，哈哈。虽然说有"争吵"，其实大多数时候大家的治疗意见还是类似的，不过能够自由抒发观点而不受年资和职称的限制，挺爽的，哈哈。

4天前的下午，我们讨论了一例刚刚去世的爷爷的病例。80多岁的高龄，肺炎很严重，最终不治。其实严格意义上来讲，我们已经做了所有该做的事情。但是这场讨论，远远不是简单的回顾，比如高龄、合并症多、来的时候病情就重，所以结局不可避免。首先让我难忘的是战友认真地准备了反映爷爷整个病情的幻灯片，完整呈现了治疗的每一个环节。接下来是师傅说他有遗憾。他说："虽然我们做了我们能够做的所有事情，但是也许，某一个治疗手段如果再激进一点，结局会不一样。"我终于忍不住跑上前发言，因为我也在纠结他病情变化的那天是不是我还可以做一些不一样的事情，如果做了是不是结局就会不一样。

基鹏医生的抗疫纪事

本来准备好好地表达观点，可是说的时候鼻子突然就酸了。你看，医生就是这样。有病人走了，虽然我们不能对家属的痛苦感同身受，可是多多少少都会有遗憾。我们纠结是不是忽略了潜在的病情变化，是不是用这个药比那个药更好，是不是应该更早做这个，是不是应该避免做那个，好像永远没有哪一次可以轻轻松松地跟一个人的离开和解。这就好像西西弗斯得罪了天神，只能一遍又一遍把山脚下的巨石推上山顶，却无法避免巨石再度滚落，于是再推再落，周而复始。医生这个职业，是不是也有这样许多的无奈？因为不断有病人像那块滚落的巨石在你的职业生涯里提醒你打击你，让你质疑自己的努力是不是没有意义。诚然治好了一些，但是那些没有治好的，就可以被轻轻松松忘记吗？我也在想，在那些推石头的日子里，自己不是也在变化吗？——肌肉难道没有更发达吗？意志难道没有更坚定吗？沿途的花花草草不是越来越少地干扰到自己了吗？自己不是也找到了一条更为快捷的登山之路吗？而且，推石头的时候，看过的日出东方、夕阳西下、斗转星移，又何尝没有意义！网上有句流行语："人间不值得。"是真的不值得吗？毕竟在从出生到死亡的这条轨迹线上不管咋个折腾，每个人还是殊途同归，可是正因为人间的"人"和那些牵绊，以及不知道是不是啥时候天神就被感化了不再让我们的石头滚下来的那份希望，让这个"不值得的人间"像极了《小王子》里说的，沙漠之所以美丽，是因为在某个地方藏着一口井呀。

裂缝里的阳光

医者很难对患者及其家庭做到完全的感同身受,医学教会我们认识疾病,缓解病痛,而患者教会我们感受一颗心、连接一颗心和疗愈一颗心。

基鹏医生的 抗疫纪事

基鹏和Angela在一起

044

今天是我们医疗队来武汉的第32天。

最近这段时间,方舱关闭的好消息不断传来,病房的病人数量较前段时间稳步减少,好转出院的数字逐渐增加,热热闹闹的医疗队满月仪式和女神节庆祝活动接连上演。而我们的工作和生活除了这些颇有仪式感的纪念,一如既往。因为我们都明白,当疫情防控已经取得阶段性胜利,接下来的救治重点必然是那些仍然在死亡线上挣扎的同胞。如何多救一个人,如何减少一个家庭悲剧,仍需要我们思考,担子仍然很重。

前天值班,Angela的老公给我们打电话询问病情。Angela是目前我们病房病情最重的病人之一,靠呼吸机加ECMO支持,才能避免机体缺氧。电话里的他,言辞焦虑却非常克制,彬彬有礼。他说他想了解妻子的病情,一家人非常担心。

我用医生常用的理性客观介绍了Angela最近的病情变化,坦言病情非常严重,目前的支持手段有些什么,她最近的进步和退步分别是什么,我们担心的问题和期待的变化是什么,以及我们准备安排的检查是什么。私以为这是一个再详细不过的事实呈现了,但是等我说完,电话那头的他沉默了,欲言又止。我问他:"你还有什么问题吗?"他迟疑了一下说:"医生,我很感谢你,非常非常感谢,但是我们一家人真的很担心。你说,她到底能不能好起来?"

这次,轮到我迟疑了。坦白说,这同样是医生最好奇,也最难回答的问题之一。做重症医学科医生的这些年,虽然时间不长,生生死死也见了不少,能不能好,什么时候能好,却是我们不能每次都准确预测的问题。毕竟人体如此奇妙,疾病如此狡猾,更不要说治疗过程中还有可能出现各种各样的并发症和难以预料的事情。

沉默了一下,我回答道:"你的心情我理解,但是这个没办法预测,你也不要过分担心,我们只能尽力。"他突然就哽咽了,他对我说:"医生,她是照顾她妈妈才生的病,她妈妈已经去世了,我们全家实在没有办法承受再失去一个人的痛苦。我们家里还有一个6岁的孩子,一个安了心脏支架的老人,能不能求求你们一定救救她?她一定能好起来的,对不对?"

这次轮到我哽咽了。我对他说"你的心情我理解",可是,我又凭什么理解?躯体的苦痛,精神的折磨,对离世家人的思念,对爱人的期盼,对孩子的牵挂,这些都是他们的经历,我怎么可能真正理解她和他?这世上怎么会有真正的感同身受?

在我姥姥病重的最后阶段，我也不知道应该如何安慰家人，不知道如何让他们理解医学的无能为力。妈妈后来因为这个抑郁了很久，我深深自责，却每每不敢提及这个话题。纵使我接待过那么多家属，帮他们做心理建设，可还是消化不了自己亲人离世的遗憾。这个时候，谁又能对我们感同身受？

曾经也有小孩在我的手里走掉，见过撕心裂肺的家属，见过要捐器官的家属，见过默默掉泪的家属，见过对我们喊打喊杀的家属，见过含着眼泪对我们鞠躬致谢的家属。在我看来，他们并没有什么不同，世间多了一个不完整的家庭，和又一次我们的无能为力，如此而已。

现代医学的大背景下，太多时候我们唯技术论，唯经验论，唯科技论，唯独没办法唯人本论。这当中缘由众多：有医生的原因，有患者的原因，有长久以来医患关系的原因，也有我们医学教育和整个社会价值导向的原因。医学教育教给我们太多的知识，如人体奥秘和药物理化，唯独鲜有教会我们如何感受一颗心、连接一颗心和疗愈一颗心，如何进行有效的人与人之间的沟通，如何辅导患者和家属接受坏消息，如何做死亡辅导。我想关心你，我想安慰你，这些话语就像想要触碰却又收回的手。因为，我们真的不知道，应该如何安慰才能够不失分寸，不至于言过其实，还不至于给自己惹上可能的医患纠纷和麻烦。

其实说起来，Angela的老公又何尝不知道"能不能好起来"这是个

裂缝里的阳光 | 047

异常难以回答的问题，大概没人能给出一个肯定的答案。可是既然明知道答案不可能明确，那么他为什么这么问，他在期待什么，其实我也大概猜得出。

想了一会儿，我对他说："我还是只有说很抱歉，我真的不知道她能不能好起来。但是我知道她是女儿，是妻子，是母亲，她是只比我大6天的同龄人。我们主任康师傅说，Angela是我们医疗队的Angelababy，我们所有人会想一切办法尽一切努力救她，她必须是我们医疗队最重要的病人。如果有一天我们还是没有帮到她，那请你相信我们真的做了一切我们能够做的事情，不管是我们还是你的家人，都真的不该有遗憾了。"

到最后我也不知道有没有安慰到他，对于Angela的预后，连我自己都不敢想不好的，如果没有帮到她，我们又怎么可能没有遗憾。收她入院的那天我跟老吕说，一定要救活她，她只比我大6天……

也许这世上没有真正的感同身受，我们不能完全理解患者和家属的痛苦，而患者和家属也未必能完全理解我们的压力和遗憾。可是，如果我们彼此的对话能让对方感受到真诚和迫切，能够彼此纾解和安慰，能够让彼此明白只有疾病才是我们共同的敌人，那么无论山高水长，艰难险阻，这寥寥数语都胜过千言万语，似阳光照进裂缝，照进彼此的心间。

Angela，加油，等你好了，你就是我们所有人的Angelababy。

Angela和基鹏的微信对话

> 哦。你们突然走了有点接受不了，感觉舍不得。

> 所以要你先走

> 在你叶之前把你拿给别人照顾我们也舍不得。

> 我努力，我也知道想和家人团聚的痛苦，我希望大家都和我一样早点与家人团聚😤

> 我几乎有股冲动，等我年老体衰我要去四川华西医院看病，总觉得那边值得我用性命托付。

> 哎呀，这个只是这段时间情绪累加而已。哈哈。

2020年3月21日 下午15:53

裂缝里的阳光 | 049

生而平凡 1

  在武汉最大的收获之一，便是这样可敬可爱的战友。他们专业、敬业、精业，让你明白永远有人比你勇敢和优秀。

基鹏医生的抗疫纪事

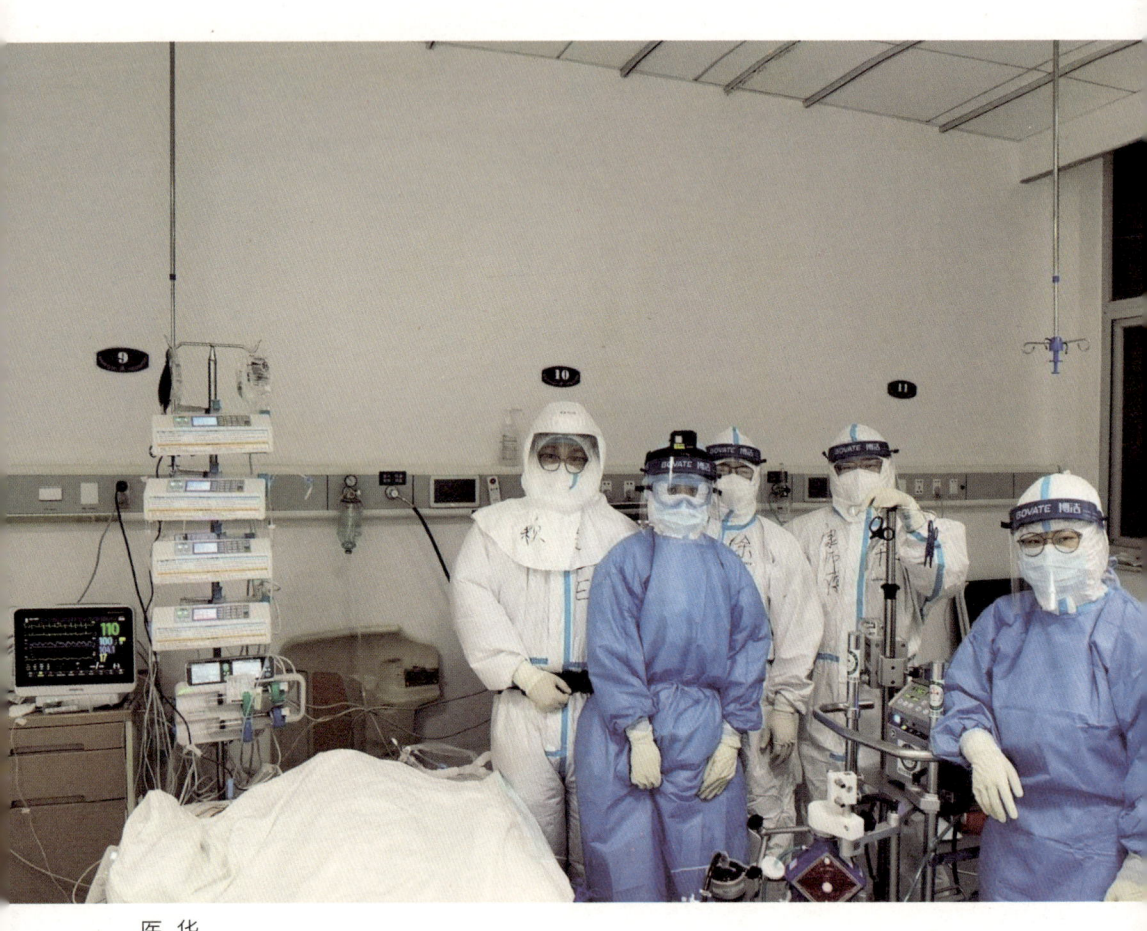

华西医院第三批援鄂医疗队第一例ECMO

今天是我们来武汉的第45天。

天气转暖，到处都是花儿盛开的样子，在房间里穿着长袖睡衣也有些热了。朋友圈里已经不再是清一色的疫情刷屏，逐渐看到好朋友们摘下口罩的笑颜、春日暖阳、家庭团圆、美食美人，由衷感到高兴的同时，也更想家了。

华西医院第一批援鄂医疗队昨天返蓉。看到照片里二哥和朱老师的"妹妹头"，以及二哥在朋友圈里写下"两月经历四季，一疫参悟一生"的感慨，一边心疼一边替他们开心，同时也觉得距离自己回归的日子可能又近了些。而我们医疗队还在武汉好好工作，虽然疫情全面好转，但是重症病人的救治还没有结束，加上重症患者集中管理的战略部署，再度接手了几名重症病人转诊的我们，实际工作量较一周前反而增加了。

今天想来写一写我们的团队——重症救治小组的成员，因为他们每个人都是可爱和有故事的人。

康师傅

师傅对外多有名气我其实不太知道，毕竟自家人看自家人都是又在意又嫌弃，反正他现在因为工作表现和救治成绩"过于"优秀，又被拉去负责整个东院区的救治工作督导（具体头衔和表述可能有偏差，反正就是从负责一个塌塌变成了负责一片塌塌）。早上查房，一向精神抖擞的师傅被我抓住在打哈欠，也对，毕竟天天查房天天开会天天不知道几点睡，"铁人三项"怕也是有极限的。

师傅对我们的要求特别高。查房的时候我们要从头到脚把病人的各项数据如数家珍一般背出来。药物剂量，主要指标，用药方案，近期检查结果，每天吃了多少拉了多少，甚至吃了啥，反正从头到脚的数据样样不落都要汇报。师傅说，重症病人都是守出来的。其实，对病人了解多少掌握多少，大概才是治疗重症病人的首要环节吧。毕竟每个病人都不一样，连第一手数据都没有好好掌握，凭什么据此滴定调整。所以，这其实也是重症医生管理病人的一项基本功要求。

前些天师傅带我进去做气管切开手术，他噼里啪啦地做完演示完，我这个助手连手套都没打湿。第二台我去做，不太顺利。我每个步骤他都嫌弃。我切皮，他说歪了。我切完，他说短了。我扩皮，他说浅了。我下钳子，他说"你没吃饭嗦"。我又紧张又觉得臊皮，我说："你

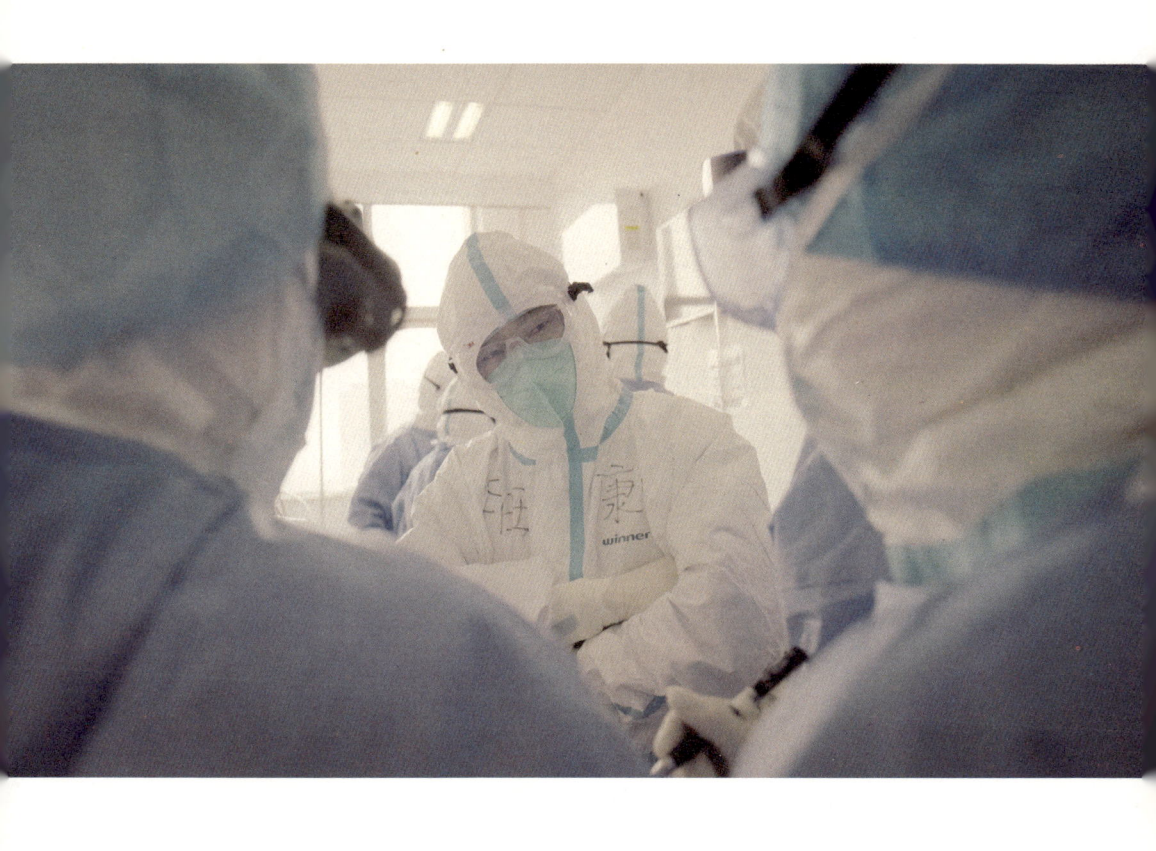

"重症八仙"之———康焰,带领医生们查房

莫催嘛，越催越紧张。"他戴上手套一屁股把我挤开，两三下就分离完，把气切导管放进去了，做完还气呼呼地给我说哪里没做对、要咋个改进，顺便补一句"你这是华西最撇气切，就是做得太少了"。等到从污染区出来，他丢给我一个课件让我好好学习，还继续补刀，"发一个二十年前的课件给你，好好看一下"。

重症医学科医生的成长太困难了，因为我们就是一个集各种各样的专业为一身的小综合科，呼吸、循环、神经、感染、营养、免疫、呼吸机、ECMO，反正啥都要懂一点。还有各种操作，从头到脚，也要能过硬，需要的时候随时能拿出手。我想这也是为啥在武汉前线救治重症病人的时候ICU医生的角色如此重要，因为器官功能的维系是我们的看家本领。所以我想，师傅就是大家期望中的一个全面而优秀的ICU医生的模样。虽然被嫌弃，但每天都在被师傅一点点亲自教授，或者是具体的知识点，或者是思维方式，或者是治疗决策的取舍和权衡，又或者是一个不言放弃的ICU医生的坚韧、自信和担当。

"妈妈"岳老师

如果说师傅是严厉的爸爸，那么岳老师就像妈妈，随时随地都是温柔和轻言细语的表达，她是病人最喜欢的医生，因为她耐心，善于安抚，善于陪伴和倾听。她曾说自己从小就有一个英雄梦想，这句话有点戳到我，原来英雄也有各种各样的模样。一位生活无忧、让人如沐春风的医生、母亲、妻子，逆行来到前线发光发热，是除师傅以外带我们看病人最多的老师。今天跟岳老师聊天，我随口提到一位已经出院的病人的名字，她马上说出了这位病人当时的主要病情、长相、性格、情绪。我发现，岳老师是少有的不称呼病人床号，而称呼病人名字，并且能够记住他们每个人特质的老师。

我不好说这是性格使然还是记忆力超群，但我想，她一定是用了真心，仔仔细细记住了病人中的每一个"人"，而不是疾病名、参数或者检查结果，才有可能做到这样吧。

医患关系在武汉这段时间达到空前的高点，除了社会各界给予医者的善意，还有岳老师教会我的以心换心、以人为本。在以后的从业生涯中，我要从学习称呼病人的名字开始。

"队宝"老徐

很难形容老徐是一个什么样的人，较真，执着，满腹经纶。多次在

和"队宝"老徐在一起战斗

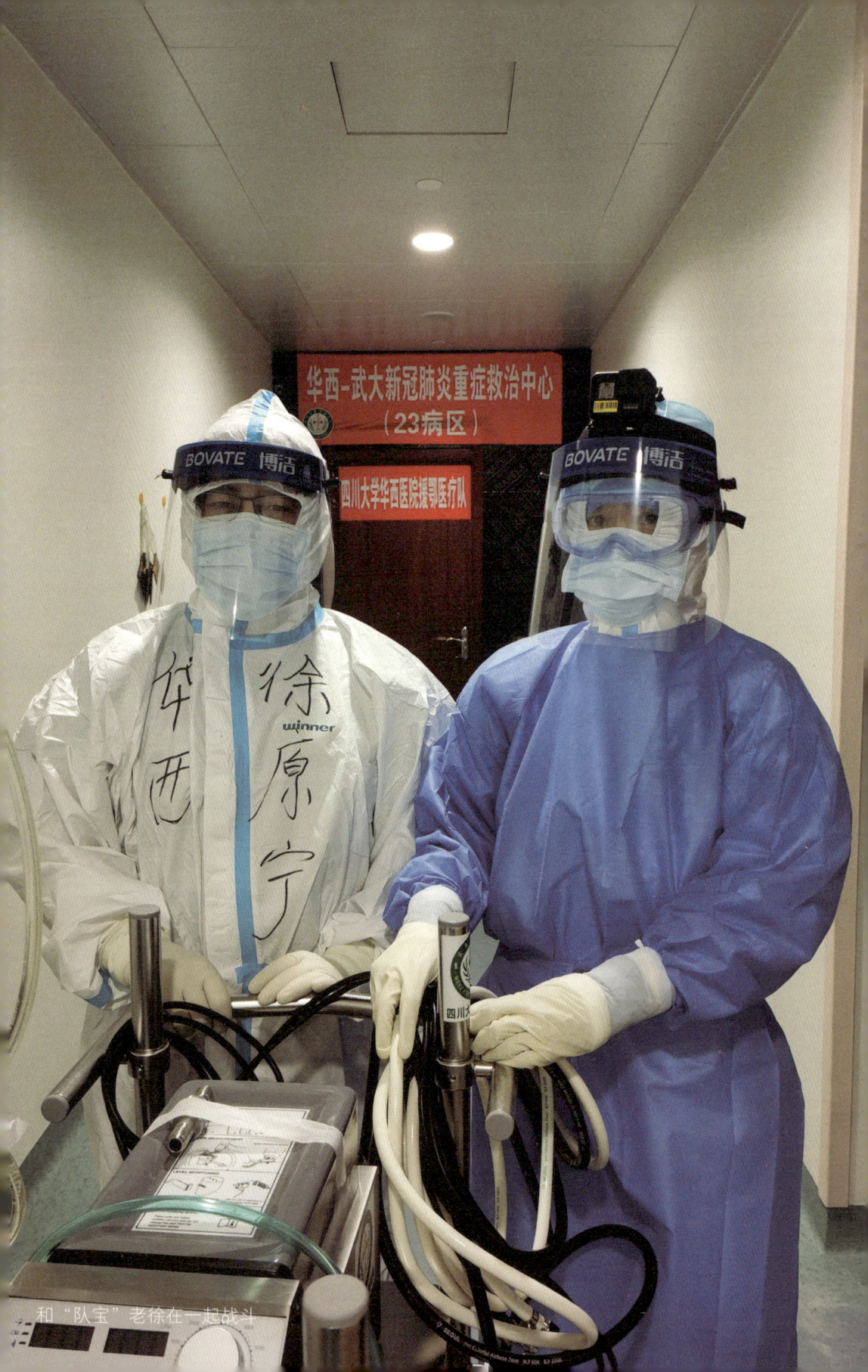

战地笔记里提到他，实则是因为喜爱和敬佩，因为他让我看到一个好医生闪闪发光的样子。

他专业过硬，责任心强，一提到心脏和循环就侃侃而谈，逻辑严密，证据充分，往往一开口就自带三分权威的光环。曾经有个趣事，老徐去某科会诊，并就会诊意见写了一大篇，1、2、3、4、5、6、7、8条针针见血，等于帮别人查了一遍房，所以专业的人做专业的事，说专业的话，这样的人走到哪里都会是权威。

除此以外，他还啰唆。每次线上MDT讨论都要参加，自家的病人、人家的病人都属他发言最积极；下夜班手机永远在线，看到一张病人的血气分析图或者心电监护图就噼里啪啦发表意见。我知道，他的心一直都在病房的病人身上。这样的老徐，让人安心。

再者，老徐执着甚至偏执（这样说不知道会不会被打）。他搞成人心脏，我搞小儿心脏，我们ICU还有各种休克管理的经验，领域不同，治疗意见有时难免相左。很多时候，迎合往往比挑战来得轻松得多，人云亦云大概是这世上最容易的处事法则，每个人都说打开胸怀欢迎改变，但是最难的就是他们发现自己需要改变。所以，表达不同观点，提醒对方你可能错了，你可能需要改变，是永远令人头疼的命题，而这正是我喜欢他的原因。他永远有新鲜感，永远有思考，永远坚守医学的初心和自己的初心。试问，医学难道不就是在争论和怀疑中进步的学科吗？

因此，老徐，欢迎继续吵架和甩文献。

"CRRT小王子"张凌老师

之所以喊张凌老师"CRRT小王子"，一是因为他的专业，二大概是因为他和老徐之间对比过于鲜明。想象一下，圆墩墩酷似一休哥的光头老徐的对立面，大概就是温文尔雅的张凌老师了。

有时候我觉得，张凌老师的胸怀大概像他的专业领域CRRT一样，也不知道是技术影响了人的选择，还是人的气质被技术影响着。在这次新冠肺炎的救治中，身为肾内科CRRT专业方向的张老师被师傅委派一同参与重症病人的管理。值夜班、写病历、做操作，许多在他这个年资的医生可能都不再参与的事情，他从未抱怨，也从未比我们多休息一天。

"CRRT小王子"在这次新冠肺炎救治中开创性地（我不确定是武汉还是全国）在东院区开展了体外二氧化碳清除技术，除了帮我们家里的病人做，整个东院区的这个技术都是他一个人在做。低调的"CRRT小王子"没有过多宣传自己，除了发一条朋友圈对成功开展这项技术表示开心，再也没有过多的言语，甚至外面的人都不知道是他一人在默默无闻

大家张罗着给张凌老师过生日

生而平凡 1 | 061

地摸索和开展这项技术，不知道他为了开展这项技术私下钻研了多少文献，不知道他独立首次"试航"的压力，更不知道他牺牲休息时间义务去其他病区支援，不言付出，不求报酬。"CRRT小王子"身上，流淌着跟小王子一样的血液，"最重要的东西是眼睛看不到的"。

可是"CRRT小王子"啊，这些，我们看到了呢。

（未完待续，预告："ECMO爸爸"赖大叔、"开心果"薄姐姐、靠谱的雪姐、人小鬼大的敏敏师弟、耿直汉子"隔壁老王"、"呼吸治疗双雄"鹏哥和老薛。）

对了，忘记告诉你们了，Angela一切都好，呼吸机撤掉了，ECMO也撤掉了。今天她跟我说，她下来走了几步了。我说："你真能干，希望你能在我们走之前出院，一家人平平安安，完完整整。"

生而平凡 2

  这世界之所以美好，是因为有那么一些人具备让你我安心的特质，他们不争不抢不夺目不聒噪，却拥有安静又隽永的力量。Angela 终于被我们治成了Angelababy，武汉的樱花开了。

2020年4月4日举行全国性哀悼活动，华西医院第三批援鄂医疗队部分成员集体默哀

今天是我们来武汉的第56天。

援鄂医疗队相继完成任务后陆续凯旋，进入4月后，偌大的东院区只剩下我们和齐鲁两支外来医疗队继续坚守，所以分配给我们管理的病人更多了，说不想家那是假的。武汉街头开始堵车了，肯德基能够点外卖了，短袖短裤都发下来了，第一批四川援鄂医疗队的同志也休整完了，而我们，还在这里。敏敏师弟说，再一次对老婆食言，不能陪女儿过百天了；老吕的爸爸到现在仍然被蒙在鼓里，一心以为儿子还在成都的科室上班；静静的女儿都学会作词编曲了，妈妈还在前线打"怪兽"。大家一面在群里打趣"两周两周就两周"的说法，转头便开始讨论东海大爷的肚子软不软，坚强的ECMO啥时候可以撤，Angela好久出院，又在帮摄影师给防护服签名留念的时候产生了一丝丝离愁别绪。

人就是这样既感性又理性的可爱动物，又矛盾又执着，一边嚷嚷一边坚持。

今天想继续写写我们重症救治小组的成员，说说他们平凡而又不凡的日常。

"ECMO爸爸"赖大叔

在华西医院谈到ECMO的话，赖大叔的大名可谓无人不知无人不晓，说他是华西医院的"ECMO爸爸"，一方面是调侃，更重要的是因为他是这个领域不可替代的具有开创性的角色。

为什么有那么多生命支持的手段，偏偏ECMO，大众普遍觉得是一个特别玄幻和了不得的东西呢？那是因为，ECMO近似于现代医学领域对禁区的跨越，当心脏和肺这两个人类最重要的脏器全面衰竭的时候，ECMO能够替代这两个脏器的部分功能，是使危重症患者可能存活下来的一招撒手锏。所以，它的特点是：经治患者最危重，耗费资源最多，病理生理最复杂，管理最困难，预后最不确定。也因此，能够从事ECMO管理的医生，一定是知识丰富、有胆识有谋略、有担当有自信的狠角色，也必然是医生中的少数人群。

昨天一位老师问赖大叔，全国有多少家医院做ECMO。大叔说，很多。我马上接话，不，并不多。在我看来可能很少，因为"能做"跟

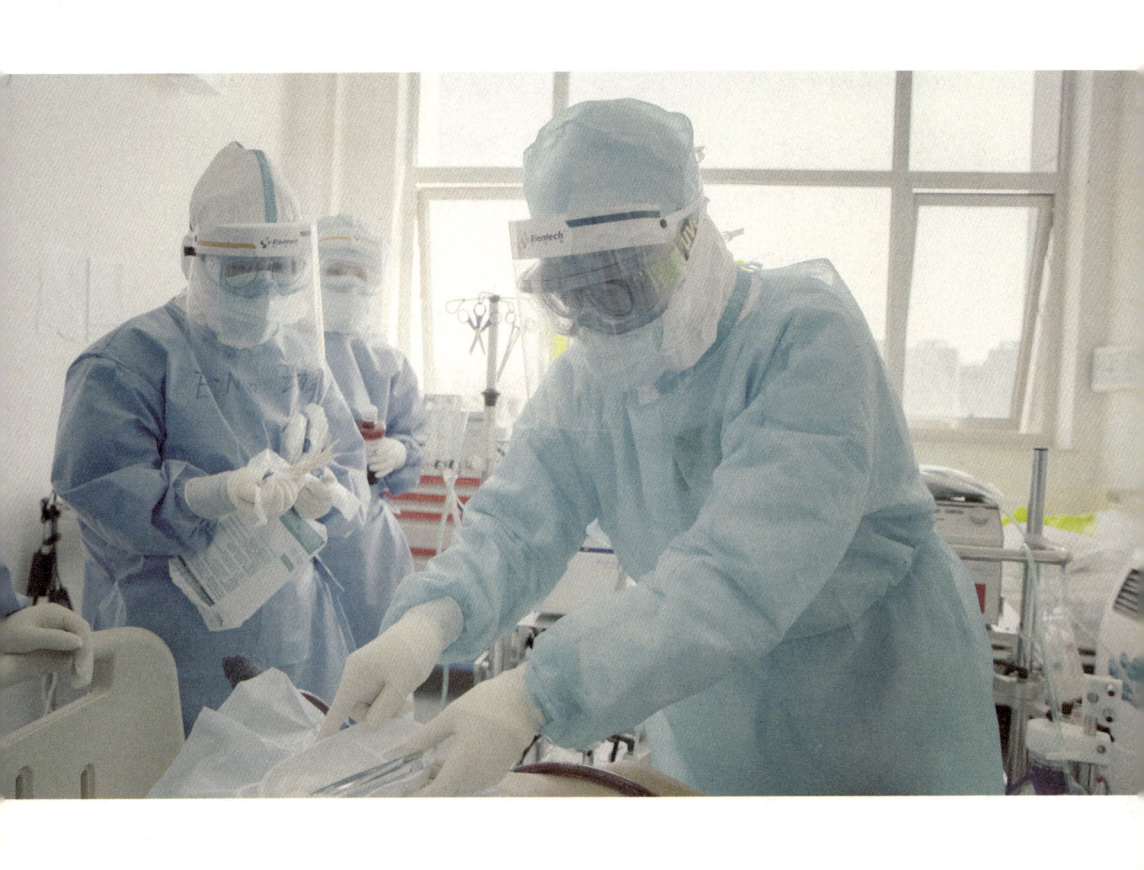

赖巍（右）在病房实施ECMO操作

基鹏医生的抗疫纪事

"会做"是两个截然不同的概念。我们对医学技术的使用,绝不仅限于能够使这个治疗手段得以开展,其最终目的是让患者能够获益于技术并最终脱离技术,康复出院,回归社会。这大概是华西ECMO一直不完美却一直在努力的原因。

在前线赖大叔做ECMO其实压力很大,因为目前我们这个团队能够独立实施ECMO所有操作和管理的医生仅他一人。也因此,24小时内连续安置两台ECMO,陪同ECMO病人外出做检查,撤离ECMO,病情急剧变化的时候滴定和调整ECMO,甚至不在病房的时候关心ECMO的参数变化随时待命,成了他的使命。我们经常开玩笑,说赖大叔的班有毒,只要他休息,ECMO就要上机撤机做检查或者扯拐,但其实我们知道,最难的技术往往掌握在少数人手里,因为少,所以他们特别忙碌和重要。

前些天ECMO护士强强给我说,他们在武汉第一次穿着防护服送ECMO病人做检查,前期的准备工作和路途艰辛以及巨大的心理压力姑且不说,当时需要一个人留在CT(计算机层析成像)室里面全程陪同病人完成扫描,确保整个过程中患者各项参数指标正常,确认ECMO工作良好,管路状态不打折。在防护服外面再套一层铅衣并且近距离接触射线,实在不算是一个美好的工作。赖大叔立马对强强他们说:"我留在里面,你们都出去。"强强说:"不然还是我在里面。"赖大叔严词拒绝:"你们是我带出来的人,我要一个不落地好好带你们回去。"

这样的大叔，在前线接近2个月，管理4台ECMO，开创性地在东院区首次对新冠肺炎患者开展清醒ECMO技术，瘦了8斤。

"开心果"薄姐姐

在我们重症小组能同时把师傅气到吐血又笑得飙泪的只能是也必须是薄姐姐，有她在的地方永远不乏欢声笑语。

薄姐姐不止一次在晨交班的时候说护士老师辛苦。重症病人特别集中的那段时间，常常两台ECMO、两台CRRT一起运转。护士穿着隔离服在病房里忙到脚不沾地，洗手衣湿了一轮又一轮，护目镜上的雾气凝结成水珠珠滚落一遍又一遍。ECMO护士要同时管理ECMO机器和CRRT机器，他们中最多的，一周上了50多个小时的班，他说最累的那天，下班出来发现手套松紧勒住的地方长了一圈水泡。

虽然我们都知道护士老师辛苦，又心疼又敬重，可总觉得真正能帮到他们的时候并不多。这个时候还是薄姐姐，她主动进隔离区管理CRRT机器，给CRRT机器换废液袋，给病人喂饭、喂牛奶，做力所能及的事情，分担护士老师的工作。听说，最多的一天她在隔离区待了4个小时，专门帮助护士老师。

能干的薄虹姐姐

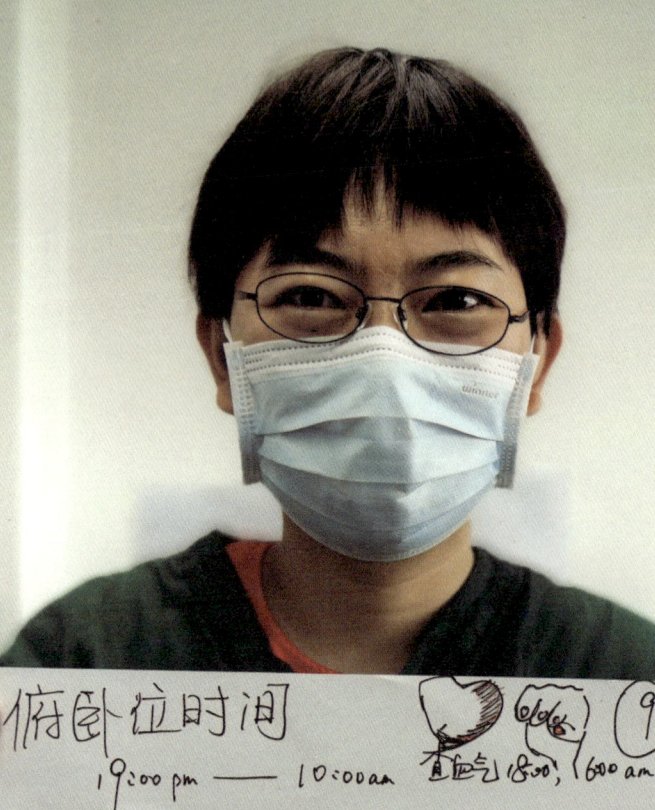

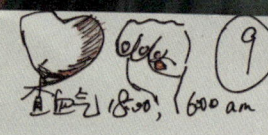

人类善意的本真，可能源自对外界的发现、感受和怜悯。我看到了你的不容易，我体谅你的不容易，我身体力行跟你一起走过不容易，这大概是华西医护队员近2个月风雨共度的最美写真。

靠谱的雪姐

在来武汉之前，虽然我跟雪姐在一个科室工作，但是并不算熟。印象中或者传说中的雪姐，工作特别特别认真，办事特别特别靠谱（此处可以用许多个特别，特别的N次方），如果她是华西ICU第二认真的人，大概没人敢认第一。

护士长说，雪姐在担任小儿ICU轮转医疗组长助理期间，小笔记本密密麻麻写完了许多本。雪姐在哪个医疗组，医疗组长绝不担心病历质量，因为她绝对能管理和修改得巴巴适适的。来武汉前请雪姐教我咋个整理病历，本来只是这样随口说了一嘴，几天后，雪姐给了我一个word文档，3大篇，3250个字，洋洋洒洒历数病历管理的细节。瑟瑟发抖，敬佩之情犹如滔滔江水绵绵不绝。

在武汉，雪姐是大家公认的最认真的医生。每天早上来到病房，我们免不了插科打诨闲聊吃早饭，雪姐则安安静静坐在电脑面前开始回顾

靠谱的白雪姐姐

和核对自己病人的各项数据。也是她,下班前会提前整理好自己所管病人第二天的晨交班记录,对病人数天以来的病情变化清清楚楚,在需要值班医生关注和补充夜间数据的地方拿颜色和符号做出标记。还是她,值夜班几乎不睡觉。我们都说,最喜欢接雪姐管的病人,永远放心,永远安心。

昨天,张凌老师过生日。雪姐默默在网上订了蛋糕,大家一起吃得很开心,唱生日歌,点蜡烛,许愿,合影留念。不少老师说,这个蛋糕真好吃,快两个月没吃过了。雪姐笑呵呵,并不声张是自己出钱出力,是我太八卦问她才知道。

初到武汉,雪姐说:"如果有操作大家记得喊我,因为我个子小,在防护服里活动自如。"刚刚雪姐在群里说:"我马上去领纪念册,我给大家一起带上来。"

这世界之所以美好,是因为有太多像雪姐一样让你我安心的存在,他们不争不抢不夺目不聒噪,却拥有安静又隽永的力量。

(未完待续,预告:人小鬼大的敏敏师弟、耿直汉子"隔壁老王"、"呼吸治疗双雄"鹏哥和老薛,也许还有没想好的你和他。)

对了,你们关心的Angela,现在一顿能吃四个鸡腿,每天在病房遛弯儿,外出做CT检查无须推床,坐轮椅即可,还立了"小目标"要把自己2020年春季的魔幻经历写成文学作品,请广大人民群众予以监督!

一期一会

　　猜不到开头，也猜不到结尾。2020年的开始是这样，我们来武汉是这样，离开武汉还是这样。很难说我带给武汉的更多，还是武汉带给我的更多。但是，人总是需要忠于自己的内心的，想笑就笑，想哭就哭，想说爱你就说我爱你。

基鹏医生的抗疫纪事

2020年4月7日返回成都的华西医院第三批援鄂医疗队部分成员

今天是我们完成2个月援鄂任务，返回成都的第3天。

就好像人生总是复杂的，情绪这种东西也是飘忽不定和难以捉摸的。预料到了开头，却怎么也没预料到结尾。4月6日突然被通知第2天返程，心理感受竟然是五味杂陈的。晓林还没有完全脱机，坚强的出血方见一点点好转，东海大爷的胆囊出血尚待观察和引流，娇娇的压疮还没找到负压吸引装置来处理，新来的那位患病大爷我都还没见着人，听说很危重，老马同志的CT没做，还没跟外科较量……怎么突然就要走了？谁来接替我们？能不能好好照顾他们？说好的陪值班，说好的武汉重启夜的纪念，说好的跟老王最后一个夜班来摆造型，都还没做呢，竟然就要走了？

电话那头，欢呼雀跃的战友们，一点一点将一脸懵逼的我拉回现实。是的，聚散终有时，从哪里开始就从哪里结束，一切，都要结束了呢。

跟老王一起回到医院加班，听说要把所有的病人转去其他病区，听说要完成和修订所有的病历书写，听说要完成病房的清洁。公交车上一路无言，看着窗外或者看着手机发呆，从眼到心完全没有焦点。偶尔瞥到老王不由自主咧着嘴角，笑呵呵的特别傻，像是个中了彩票的二百五。

到了东院区，人流如织，所有医生都来加班，第一次合体竟然是来办理交接，大家普遍的喜庆显得我格格不入。其实不是不想走，只是有太多东西还没有整理，从身体到脑子都没有准备好，我就真的要走了。认认真真给晓林写了交班留言，9条还是11条不记得了，从头到脚到电解质到睡眠到为什么没有抗凝到最近的CT发现，感觉有写不尽的牵挂和唠叨。

然后被拖去给Angela拍离别赠言的视频，心里一万个不愿意，因为我知道此刻的这种状态一定不能留一个开开心心的纪念给她，爱哭鬼才不是"当红辣子基"该有的形象。拍视频的过程省略一万字。唯一有趣的部分在于，逼着镜头后面的那个人走到了镜头里来。我牢牢端着机器，看着镜头里他的眼睛，听他娓娓道来——嘿，真是个一脸诚恳的铁墩子。镜头晃悠着拿不稳，他身后的窗帘一会儿在镜头右侧一会儿在中间一会儿又看不到了，发际线也是高高低低飘忽不定，于是我想我是吃不了摄影这碗饭了，因为要有多冷静才能控制住情绪看眼前的人表达，希望他就这么一直一直说下去，一直一直说不完。

拍完视频，老王催我赶快换衣服，我们要去隔离区转运病人了。认认真真最后一次穿上防护服，让"杨树林"帮忙在衣服上画了想了很久的机器猫，却实在不知道写下什么字表达此刻的心情。胡乱写上"武汉再见，成都等我"，跟老王合拍了一张最后一次进污染区并肩作战的照片。为什么最后一幅画是机器猫呢？你猜猜。

等我进去，我的晓林已经被同事转运走了，照顾他差不多一个月，没能见上最后一面，没能亲自把那些啰啰唆唆的留言和他的喜好特性交接给下一位接诊医生，甚为遗憾。虽然知道同事一定也可以很好地交接，毕竟我们天天一起工作查房在群里叽叽喳喳，可是人生有些事，就是要自己亲力亲为才觉得安心，不是吗？有些篇章就是要自己点上那个句点才觉得圆满，不是吗？

跟老王、鹏哥把最后剩下的两个病人接连送去了ICU病房，我交班，交完鹏哥又仔仔细细把他在呼吸治疗方面的观察交接一遍。我跟老王说，等我们看到监护仪上的各种数字显示出来，并且在正常的范围以内，才算完成了交接这件事儿。再看一眼监护仪，熟悉的波形，让人安心的数字，又看一眼，便头也不回地走了。

转运完最后一个大爷，回到23病区，在这个工作了2个月的病区走廊里，最后留下一张自己奔跑着的糊了的照片。从未觉得这个病区这么大，大到从一头走向另一头走了好久好久；从未觉得这个病区这么静，

9

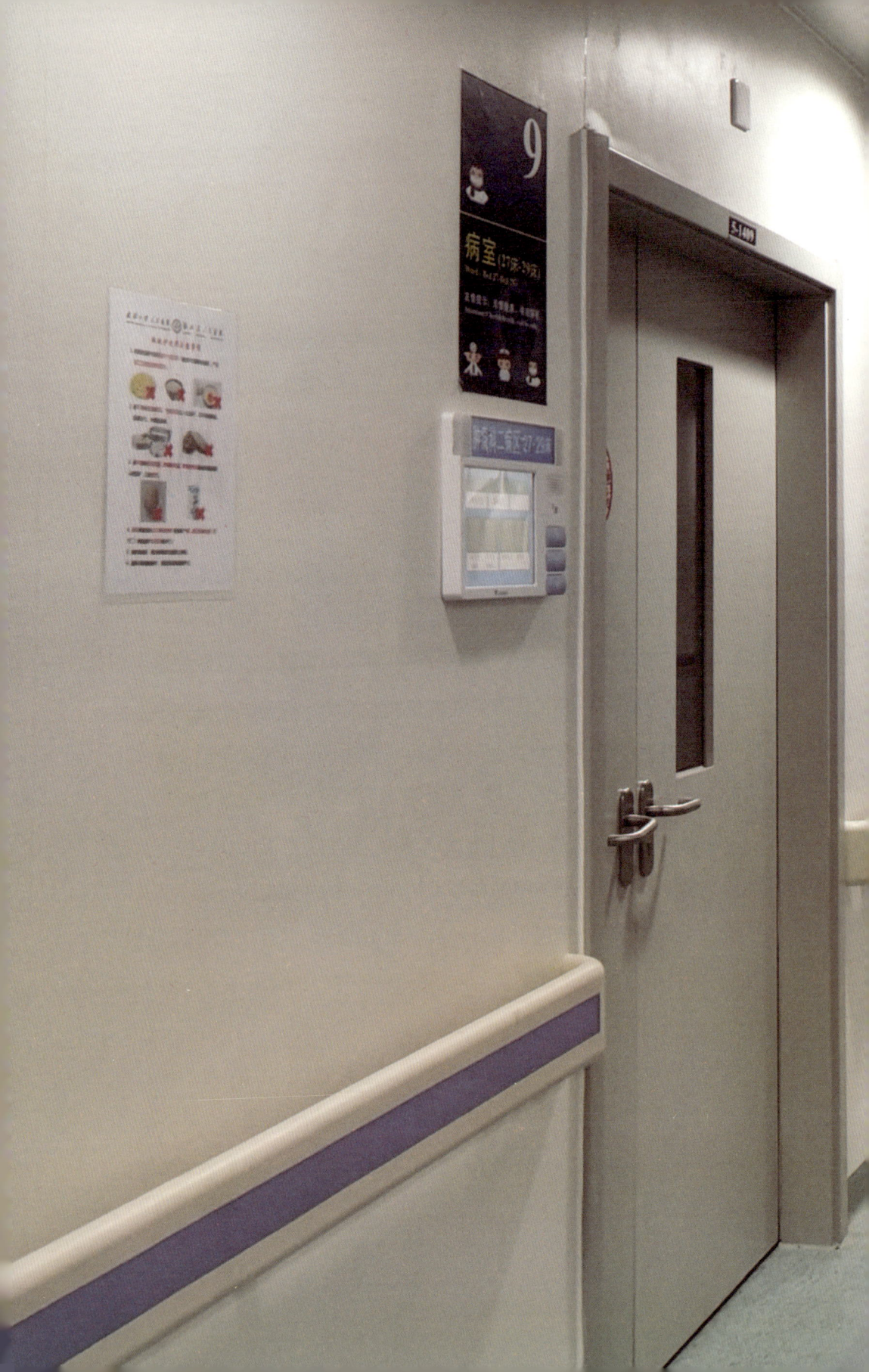

病室

转运完最后一个病人，华西-武大新冠肺炎重症救治中心（23病区）清零定格

不再有对讲机、手机和人声的喧嚣；从未觉得这个病区这么空，空到没有他没有你也没有我。

再看一眼空荡荡的病房：2床是晓林住过的，4床是东海大爷住过的，7床是坚强住过的，9床是周婆婆和陈婆婆住过的，11床是楚凡叔叔住过的，13床是Angela住过的，16床是殷叔叔住过的，36床是朱婆婆住过的……再看一眼留言墙上的画作或者打油诗，再看一眼整洁的物资室里码放得整整齐齐的物资（2个月前它还是没有任何功能的杂物房），再看一眼陪我风里雨里征战的超声机器，再看一眼光洁的地面和反射的光，明亮犹如阳光普照，将时间定格在2020年4月6日19:08:25。

因为一个人，爱上一座城。而这一次，大概是因为一群人，爱上这座城。愿武汉一切都好。

后记：欠着的"生而平凡"系列很抱歉，先插播一段最后一天的援鄂体验。因为有个很重要的人说："任何事都要尽早去做，不要拖沓。灵感和情绪是非常重要的艺术创造力，要学会应用它，控制它。"

生而平凡 3

  此篇是最后一篇关于我们华西医院援鄂医疗队重症救治小组成员的素描。在武汉与他们共事的60天，让我对好医生的认知更加立体。我也深知，离开了团队，个人的力量微不足道。

穿着防护服休息的间隙

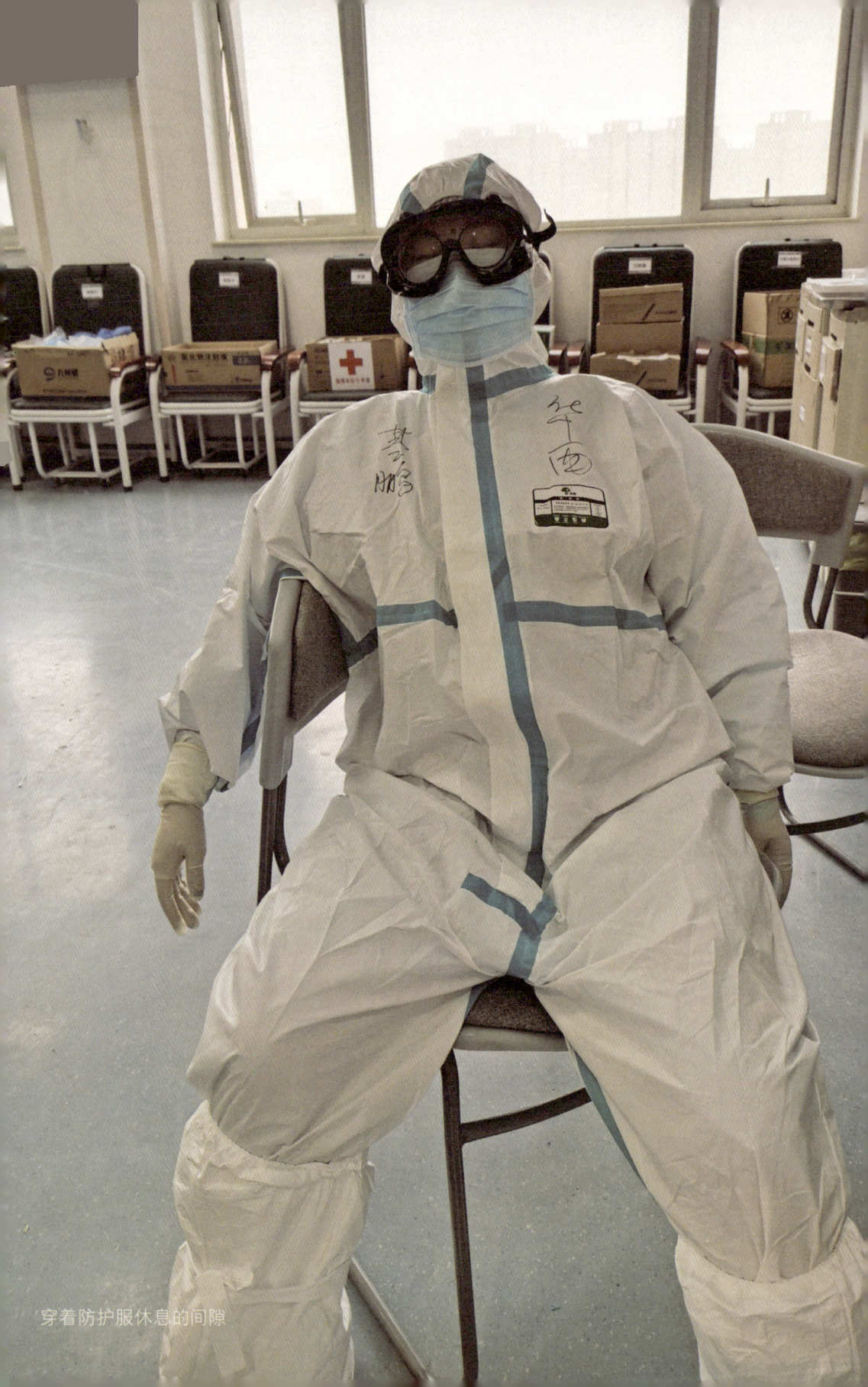

今天是我们完成2个月援鄂任务，返回成都的第5天。

隔离休养的日子像极了待在大型康乐动物饲养场。吃喝睡运动脑保健操，一应俱全。三十左右的人们群居在一起，无忧无虑地过生活调整生物钟，跟5天前的生活形成了巨大的反差，每每也会回想，到底哪个才是真实的人间。

今天想把之前挖的坑先填上，完成我们援鄂医疗队整个重症救治小组成员的素描。其实战地笔记这个系列在我心中还没有完结，因为还有一些重要的人、重要的经历和感悟没有记录。记忆如流水，逝去匆匆，希望自己能在情绪消散完毕前尽可能把他们都写下来。5年，10年，20年后，疫情可能已经过去，文字和影像却依然鲜活，脑海里依旧有个角落，属于2020年那个不平凡的春天。

人小鬼大的敏敏师弟

在我心中，敏敏是华西年轻一代八年制学子中的佼佼者。他的佼佼，不单单是聪明能够概括的，在他身上能看到难能可贵的积极向上不服输的年轻90后的朝气蓬勃。

敏敏在我们重症救治小组中年龄最小，可29岁的他已经是博士、主治医师。而且事实证明年龄跟婚姻状态实在没有太大关系，很早就开始谈恋爱的"机智敏"，家庭美满，女儿小荷叶刚刚出生。

在前面的战地笔记里我曾写过敏敏，对他积极报名援鄂的行为深表不解：女儿尚未满月的他，是不是必须成为前线不可或缺的那个人？出发前敏敏说："我们互相照顾，一起平安回来。""我是ICU医生的嘛，想去的嘛。"敏敏也说，不要整那么悲壮。可能有时候年龄、阅历跟勇气、担当、使命并不总能画等号，投身最需要的事业，就这么简简单单而已。

网络上不断说我们是逆行英雄，真实的想法却是受之有愧。医者医人无论疫情几分，消防员救火无论情形几何，机长化险为夷让飞机安全降落，这普普通通的使命感，从来都是很多普通人发自心底最基本的呼唤：尽自己努力，干好本职工作。所以我也是到了武汉在日复一日的平常工作中才不断体会到，人对自然来说是多么渺小，坚持做好自己，坚

90后何敏师弟

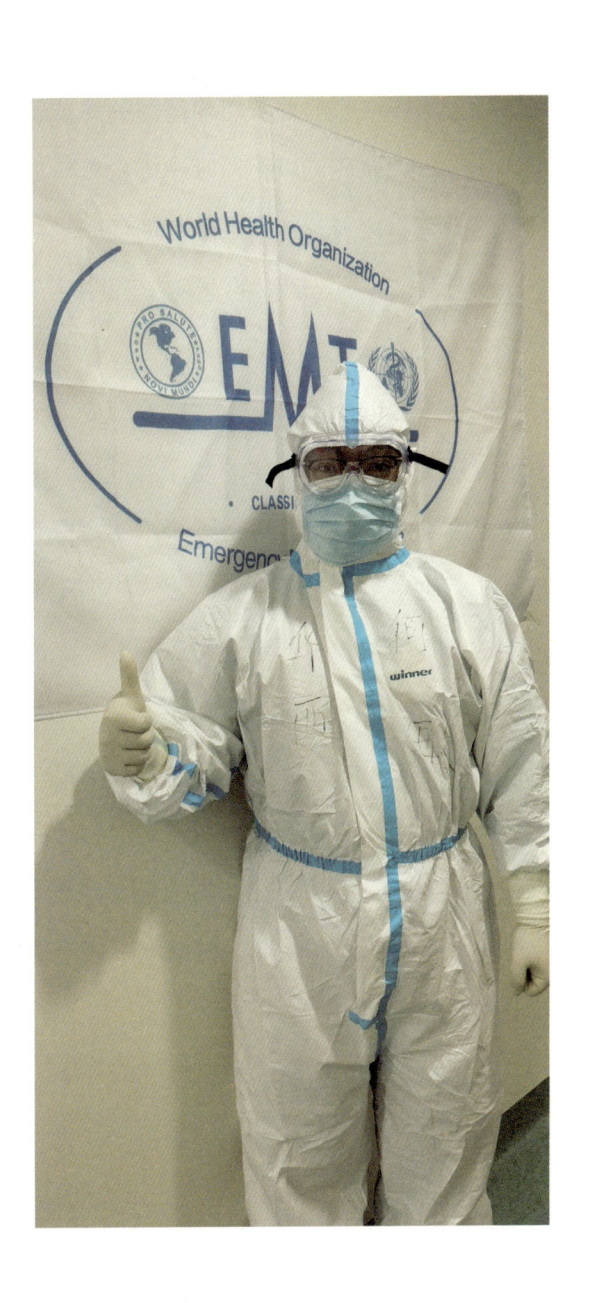

持初心，坚持内心的那份坦坦荡荡的纯粹就够了。我想敏敏也是如此，也许几十年后他还可以跟荷叶排排坐着嗑瓜子吹牛皮："那年你爸错过了你的满月和百天，却用实际行动证明了什么是一个医生的本分和一个爸爸的勇敢，保护了武汉的爸爸其实也是保护了荷叶的爸爸。"

有一天，楼上24病区的一个病人病情突然发生变化，呼吸心搏骤停。敏敏本能地扑上去就按（做心肺复苏），不知道按了多久，也不知道穿着防护服做这样剧烈的动作会不会带来暴露的危险，但是那个时候他啥也顾不上，只有"杀"红了眼的"留下来"。他后来给我说："我真的想不通，我应该早点想到给他做个CT的，我应该一直按下去一直按下去一直不停，说不定还可以的……室颤我是不是还可以再给点啥子药，老徐说的镁，我是真的没想到。"

前段时间，病房里一个特别危重的婆婆没有救过来，需要做PPT进行死亡病例讨论。敏敏默默地帮主管医生一起清理婆婆住院期间的所有治疗数据，为的是能够更加清晰地呈现整个救治过程，方便我们总结经验与得失。我问他为何如此，做原本不属于他的工作。他说，这个便是他能帮婆婆做的最后一件事了。

我想，医疗永远是一个两面性的工作，有救治成功的就必然有失败的。曾经有人问我："你做ICU医生久了是不是早已看惯了这些？"其实不然，越是站在离死亡近的地方，越是对生死心存敬畏。你看过生命有多顽强，也就知道生命有多脆弱。所以，我能理解敏敏所说的，仔仔细细分析每一例病例的得失，是对生者最大的尊重，亦是对逝者最好的纪念。

耿直汉子"隔壁老王"

老王是隔壁感染性疾病中心的资深主治医师，在来前线之前，我都不知道自己跟老王原来是大学同学。毕竟老王上扬的发际线，默默挺出来的肚皮，莫不在悄无声息地宣示着岁月的痕迹。分组之初我们即被安排在一个小分队值班，算是很有缘分了。

第一个夜班，从来没穿过防护服的我无比紧张，就算看着墙上贴的清晰的穿脱步骤也对自己丝毫没有信心，结果一来我们就收了5个新病人。老王说："没事，我进去收病人，你们在外面写大病历就好了，反正我在家也是从过年开始就在隔离病房工作，我熟悉我先上就好。"老王平时看似沉默，却在我们初到隔离病房时跟我说："我们一定要尽可能减少不必要的抽血、输液和雾化治疗，没必要每一个病人都做不假思索的大包围，护士老师的工作量实在太大了，我们在家的隔离病房里护士有次抽血抽了2个小时，抽哭了。"刚到武汉，老王问我："你带了些啥子药和物资来？抗病毒药和口罩我这边都多，你不够找我要。"你看，老王对身边人的好和爱，总是以特别低调和沉默的方式在体现。老王，我们看得到你的好。

重症救治小组组建以后，老王虽不是重症医学科医生，但因为过硬的业务能力、扎实的传染病学知识、感染性疾病诊治知识和既往人工肝治疗的经验，也被纳入了重症救治小组。说实话这对他是有难度的，毕竟面对呼吸机、ECMO、纷繁复杂的镇痛镇静药物和血管活性药物等平时不大熟悉的众多专属重症病人的治疗手段，老王一定会有自己的焦虑和不确定。我们值班的夜晚，老王或者让我跟他说说呼吸机，或者说说ECMO的工作原理和简要的管理，虽然这些可能并不会在他日后的工作中用得上。每次我们值班到24点左右，老王都要跟我仔仔细细核对一遍病人的出入量、生命体征以及需要关注的要点，过后督促我："你去睡觉，我来守着，有什么我搞不定的一定喊你。"

他跟和我们搭档过的庆国老师特别类似，在家里都已经是独当一面的医者，却在面对非自己擅长的专业领域的时候，没有傲慢和自以为是，谦逊又体谅，乐于助人又积极好学。他们尽己所能汲取新知识，尽可能做好病人管理。

那天带老王去隔离区看两台ECMO并排摆在一起运行，他兴奋地说："我一定要拍张照片做纪念，参与管理两台ECMO的日子，也是我人生中的重要时刻了。"

你可能不知道，老王到现在已经离开家近80天了，因为我们是从援

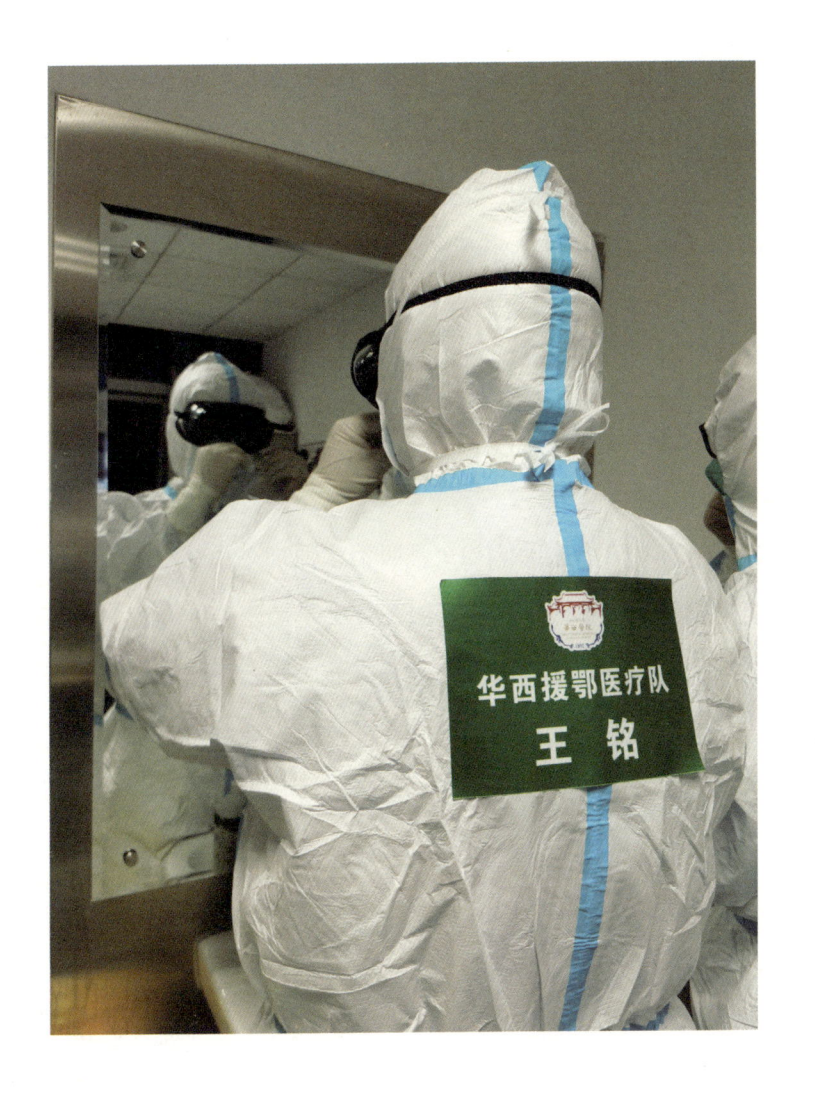

华西医院感染性疾病中心资深主治医师王铭

鄂开始离开家的，而他是从新冠肺炎疫情暴发就开始在我院隔离病房工作的，是最早最可爱最可敬的一直付出的那一批人。我们开玩笑，再不回去，娃儿就不认识爸爸了。娃儿还没有满1岁，不知道错过了娃娃成长第一年近1/4时间的他，会不会有遗憾。

"呼吸治疗双雄"鹏哥和老薛

在我们这个1+2+8（1个康师傅+2个呼吸治疗师+8个重症小组一线成员）的组织架构里，除了师傅，两位呼吸治疗师是最辛苦的角色，没有之一。因为新冠肺炎的主要致伤部位在肺，因此呼吸治疗自然是疾病干预最基本的治疗手段，也因此呼吸治疗师在他们的专业领域发挥了巨大的作用。

两位呼吸治疗师实行上一天休息一天的轮班制，每天一个人上班至少14个小时，多的时候鹏哥上了18个小时，上到了凌晨2点。呼吸治疗对于大众来讲，可能依然是个蛮陌生的专业领域，但在这次疾病的救治中起到了重要作用。鹏哥和老薛每天平均进隔离病房3次，早上那次查房、滴定呼吸机参数、翻俯卧位，下午那次滴定呼吸机参数、做纤支镜操作、外出送检查，晚上那次查房、滴定呼吸机参数、翻俯卧位。这是主要工作，其实他们做的工作远不止于此。在武汉的隔离病房里，有且只有他们两个人承担着所有轻的重的需要呼吸支持的病人的呼吸管理和评估，并且他们把家里能用的设备和呼吸治疗技术悉数搬来（从高流量到"人工肺"的不同强度的呼吸支持设备和技术；包括纤支镜、食道压监测仪、呼气末二氧化碳监测仪在内的各种呼吸监测装备；辅助肺康复的各种设备和技术），保持了我们平时在家的呼吸治疗水准。两个人的成绩单，着实是令人钦佩和值得骄傲的。

呼吸治疗师，远不是只需要玩机器和参数就可以干得好的，为什么说AI是没有办法替代医生的，因为我们面对的是一个一个鲜活的有感觉的个体。我给你讲个故事，殷叔叔刚来的时候戴无创呼吸机，特别焦虑，完全没办法配合治疗，始终觉得自己呼吸困难，有着挥之不去的濒死感。但是分析CT和血气，情况并不像他表现出来的那么糟糕。鹏哥说："我搬了个小板凳坐在老殷的床旁，我说你放心，我不走，你慢慢呼吸，我守着你。"后来，我们用无创呼吸机支持住了老殷，避免了气管插管，谁说不是那时候的那句"我守着你"给予他力量的呢？

呼吸治疗师的工作还难在呼吸机参数需要滴定，这也是他们经常在隔离区一待就是好几个小时的原因。就像一千个人心中有一千个哈姆雷特，病房里永远都没有一模一样的两个病人。教科书上说要在不伤害肺的前提下让肺工作，同时还要能满足机体对气体交换的需要，道理虽然是这么个道理，但是用在人身上，绝不仅仅只是这么一句简单的话，如何去把握这个平衡，这绝对是呼吸治疗的艺术。

人类机体是极具智慧的造物主的顶配杰作，牵一发而动全身。就拿呼吸这个动作而言，除了受肺的影响，还要受脑袋、气道（连接外界和肺的高速公路）、胸廓（气道和肺外围的收费站）、腹腔等的多重影响，而呼吸动作本身还可能对心脏造成影响。因此，随着疾病状态的变化，病人个人特征的改变，呼吸机的参数也就需要实时测量和调整。人和机器如何匹配，什么样的呼吸机模式最适合，不同的模式下什么样的参数最妥当，谁去测量，谁去调整，几乎都是他俩要考虑和解决的问题。

和鹏哥儒雅的学者范儿不同，老薛随时都是活力满满的样子。有一天我们非常忙，我跟老薛说要不然别做纤支镜了，我们第二天做一样。他说没关系，他不做第二天鹏哥就要更累。老薛不管在隔离区待了几个小时，出来以后的第一件事，一定是热饭热菜热汤美美地吃上一顿。之后便瘫在椅子上，来一把《王者荣耀》（不知道是不是这个名字，男娃娃的游戏世界我不懂）或者刷一刷抖音，要得笑开了花，立马恢复元气。有时候我觉得老薛身体里面可能装着另外一个备用的CPU（中央处理器），他似乎感受不到什么是疲倦。一天又一天，一个月又一个月，两个人一动一静的呼吸治疗团队，用实际行动赢得了我们医疗队所有人的尊重。

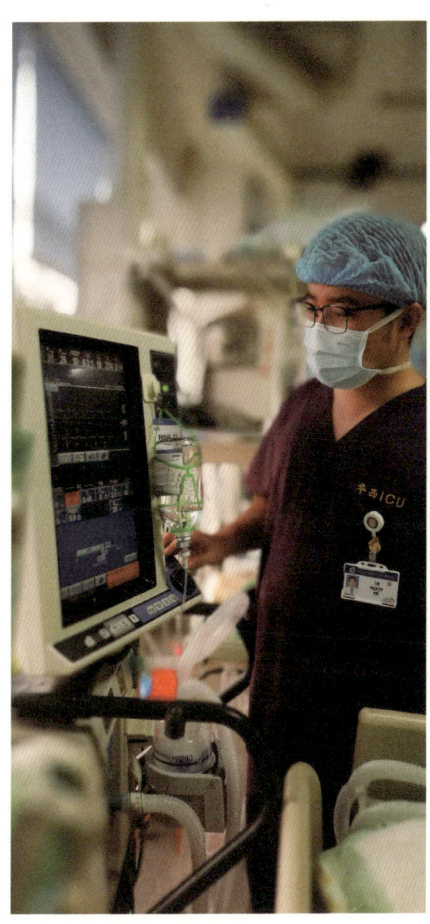

"呼吸治疗双雄"之一——王鹏,正在滴定患者的呼吸机参数

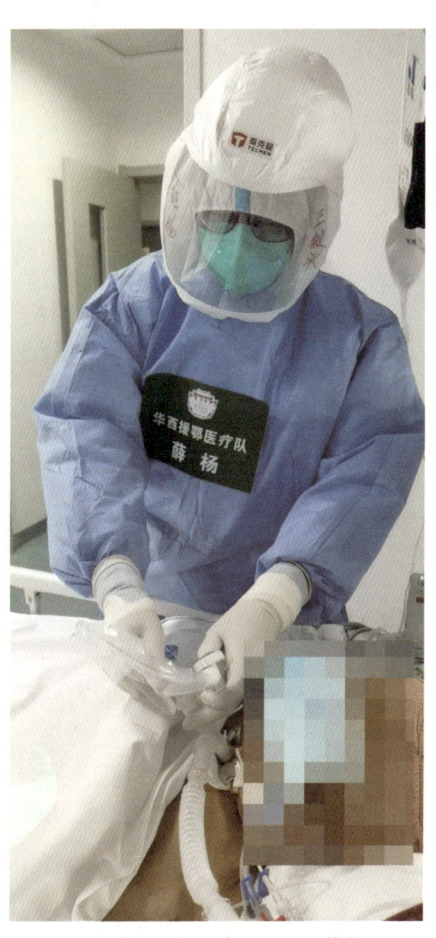

"呼吸治疗双雄"之一——薛杨,正在隔离区为患者进行治疗

至此，华西医院第三批援鄂医疗队重症救治小组所有成员的剪影描述完成。也许我的视角不够完整，观察不够深入，体会不够深刻。可是，如果你看过离别那天凌晨老薛在重症病人的微信群里写下"再见海爷""一定要活下来""崔坚强加油"，如果你听过缓缓驶过武汉长江大桥的大巴车上"CRRT小王子"对我说"怎么突然就要走了？我还是蒙的。那几个病人到底怎么样了？是不是应该加他们本院ICU医生的微信问一问"，如果你看过昨天老徐在群里说"跟大家说几个消息，坚强的ECMO撤了，晓林的呼吸机脱了"，如果你听过大家今天都还在讨论东海大爷的胆红素升高究竟是为什么，那么你也会跟我一样，无比敬佩、感激和喜欢这群可爱的人，为能够与他们共事而自豪不已。实际上没有什么文字足以展示他们的真心和优秀，这群用尽力气拼了命去守护他们的白衣梦想，保护灾难中的同胞的鲜活形象，早已刻在了我的心里，影响着我的职业生涯。

后记：本来开开心心地写着稿，突然师傅在微信群里说接国家卫健委通知，要他只身前往绥芬河继续参加新冠肺炎救治工作，跟我们告别，叮嘱我们注意安全。一时间眼泪止不住地流。2个月的时间，早已淡化了上下级之间的距离和隔阂，更多的是深深的战友情和师长情，以及道不尽的牵挂。师傅是我们华西医院第三批援鄂医疗队的灵魂，请师傅保重，我们在后方好好守家，等你凯旋。

化身孤岛的鲸

护士像一群困在孤岛的鲸，职业生涯里多多少少有些被误解，被轻视。但是，在抗击新冠肺炎的前线，最辛苦的人必定是他们，没有之一。护士这个群体，值得被我们这个社会好好对待。

华西医院援鄂医疗队凯旋后合影

化身孤岛的鲸 | 099

基鹏医生的抗疫纪事

今天是我们完成2个月援鄂任务，返回成都的第7天。

将战地笔记写到第10篇，是我断然没有想到过的事情。最初只是为了给家人和朋友报平安才提笔，没想到收获了许许多多人的认可和鼓励，兜兜转转之间，竟也伴随了我整个援鄂的旅程。有时候觉得自己是一个特别幸运的人，在成长的很多重要阶段都有贵人相助，虽然一直很平凡也不自信，却也总在他们的呵护下一点一点成长并与自我进行和解。写到了第10篇，总觉得该写一点特别的东西加以纪念，毕竟1代表开始和新生，而0是世间万物的起点。

那不然我们在这个特殊的节点来讲讲护理吧。因为回看《白衣逆行》，浏览过大家给我的每一条留言，里面接近三分之一来源于专业护理人。有些让人心疼，有些让人振奋，但同时也说明，护理专业在我们整个社会中的地位和认可度问题仍然是一个亟待解决的问题。我不敢说自己的文字能帮护士老师涨多少粉，加多少薪，可是至少我觉得自己有着强烈的写作欲望，想真实刻画援鄂医疗队一线中的他们。有句话是这么说的:"Now this is not the end. It is not even the beginning of the end, but it is perhaps the end of the beginning."(这不是结束,甚至还没到结束的序幕,真正的战役可能刚刚开始。)我想不管是对于疫情还是护理这个专业,仍然有很长的路要走,可是打开天窗说亮话,让他们这个群体暴露在大众的视野之中,也许就是一个好的开始。

护理学是一门专业学科,护士是一群专业人士

护理学是医学大框架下的重要学科组成,以医学作为基本的学术体系载体,却又不完全等同于临床医学。

首先,现代护理学已经不等同于早年老百姓认为的,护士只需要执行医生的医嘱就好。实际上护理是一门学问,我们的护士中不乏学历高、经验丰富的人才,硕导、博导也比比皆是,护理学其实是跟医学、影像学、药学、工程学、财经学没有本质区别的专业学科。护士除了要掌握基本的临床医学知识,还需要了解护理学的基本内容。打针和发药,绝对只是护理学专业领域里小得不能再小的事件。从如何接诊一个患者,检查一个患者,配合医生处理一个患者,进行护理操作,到送患者出院,全部是护士需要掌握和参与的内容。下面我仅以一个医生的视角,记录我眼中的护理

同人的点滴。此非学术报告，如有偏颇，恳请谅解。

入院阶段收集患者信息，做初始的病情判断和记录

病人入院第一眼看到的医务人员就是护士。护士老师会登记病人的个人基本信息，简要询问既往有没有得过什么病和现在有没有什么特别严重的不舒服。接下来，护士老师会测量生命体征（心跳多少次，血压高不高，有没有缺氧，有没有发烧，等等）和身高体重，从而初始判断病情是不是很高危，需不需要立即抢救或者马上进行治疗干预。因此，很多时候住院病人最初的识别和分诊都是我们的护士老师在做。

参与医生治疗计划的制订，了解治疗目标

医生换好防护服走进病房，查看完患者会做出基本的医疗判断并开具医嘱。医生通常还会跟护士讨论接下来的治疗目标，比如要求各项生命体征需要维持在一个什么样的安全范围。此后护士会根据医生的要求小心观察和滴定，如果有变化及时告知医生处理。

完成常规护理操作

接下来护士会遵照医生的医嘱完成抽血化验、血气分析、床旁心电图检查、打针、发药、输液、咽拭子采集等杂七杂八的事情，还要完成自己的医疗文书书写并填写各种表格。如果是危重症患者，还可能要去

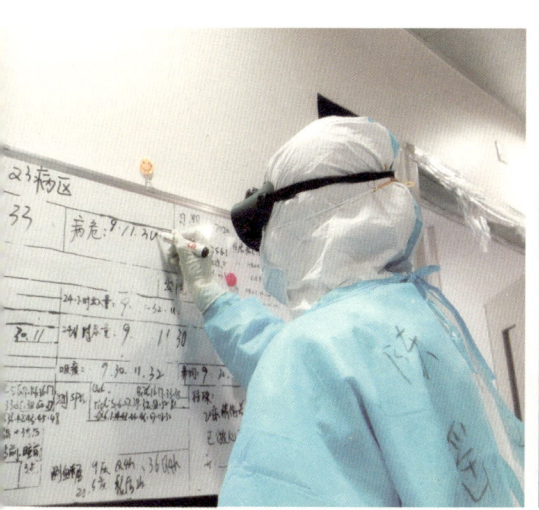

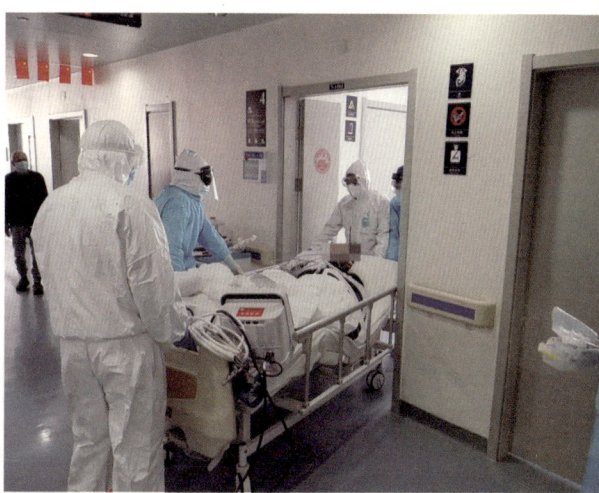

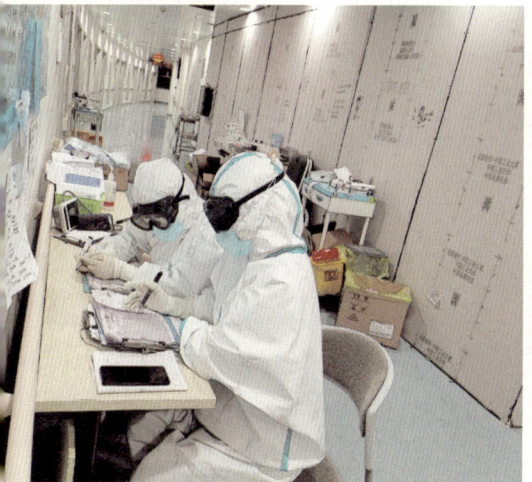

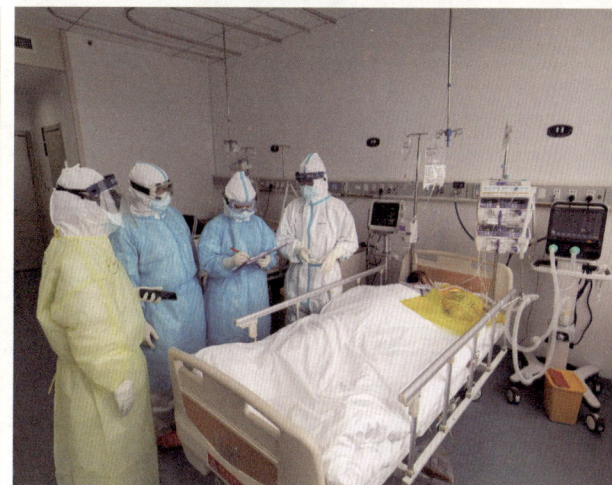

护理人员忙碌的身影

药房领药，配置药物，安置胃管、尿管，换尿不湿，进行尿管护理及拉粑粑的护理（没有办法找到一个专业术语……）；如果病人去世了，也是护士做临终料理，等等。对于危重症患者而言，时间就是生命，这么一大堆事情可能会同时需要2个甚至更多护士一起完成，且尽可能越快越好。为什么说"医生的嘴护士的腿"，因为医生下的每一条医嘱几乎都要护士一样一样地去完成。曾经我们病房有4个重症病人需要轮番翻俯卧位，一天两次。这是啥概念呢？打个不恰当的比方，你可以想象一下，你在煎蛋的时候要翻面，但是煎蛋上的葱花、调料都不能洒落，动作还要干净利落，不然蛋就散了。而这些，是我们的护士在做。援鄂期间我们医疗队要时常给病人翻俯卧位，那么多危重症病人，病人身上又有那么多管路，我们没有发生过一例管路的意外脱出或者因为翻体位导致的病情急剧变化，而这些，是我们的护士办到的。

监测患者的病情变化，及时通知医生

通常医生处理完某个患者的事情就会离开隔离区或者去查看其他患者，此后由护士监测该患者的病情变化。如果任何一样数据不符合医生设定的治疗目标，护士就要联系到医生，汇报情况，并且询问是否需要进一步干预。一个优秀的重症医学科护士，就好比医生的眼睛甚至脑袋，往往能够在患者的生命体征变化前就敏锐地觉察到其病情的变化，这些跟他们多年的历练和丰富的经验是分不开的。

在武汉的日子里，我们经常跟静静、帅哥、豆子姐姐、潘老师、慧姐等人开玩笑（向所有的护理组长小伙伴致敬，排名没有先后，不一一赘述），只要他们在病房，我们就安心得不得了。因为护理组长往往是在我们ICU工作了十几年或者更久的厉害角色。曾经我跟静静处理一个严重高钾血症的病人，她反应的迅速程度令人咋舌，往往我说了前一句她就知道我后一句想说啥。这样的护士，怎能让你不安心，不放心，不喜欢？

危急时刻参与抢救，甚至首先启动抢救

有时候，患者可能会突然出现病情的急剧变化。我来讲一个故事，有一天我刚刚从隔离区出来，突然护士在对讲机里喊，一个病情危重的爷爷氧饱和度不能维持了。师傅说马上准备插管的东西，在电话里叮嘱护士立即展开抢救，然后跟我穿好防护服急忙进入隔离区。进去后看到的画面让我们颇为动容，四个护士守在床旁：一个帮忙摆放爷爷的体位；一个正在捏呼吸球囊给爷爷的肺部挤入氧气，避免缺氧；一个在打针，因为他知道后续的一系列抢救措施都需要大一点的液体通道保证抢救药物的正常输入；一个在准备气管插管的工具。所有人有着超乎寻常的冷静和默契，一切都在有条不紊地进行，爷爷的生命体征也被维持在了一个可以接受的范围。他们在那几分钟做的所有工作是后续抢救的重要基础。后来对爷爷的抢救十分顺利，可能他自己和他的家人都不知道，在那个最危急的时刻，是这四个护士老师救了他的命。

高度专科化下的高精尖亚专业：护理科研、护理管理、护理教育专家、专科执业护士（Nurse Practitioner）

现代护理的学科属性决定了它的含金量和科学价值越来越高，也有更多的学科分支可以供大家选择作为职业生涯的方向。比如，现在有专门从事护理科研的老师，他们的主业不再是惯常的床旁护理工作，而是对护理过程中发生的一系列行为展开科学研究，促进护理学科的进步。也有专门做护理管理的人员，对护理资源调配、护理职业生涯的成长等进行安排。还有人专门做护理教育，此前也提到护理这个学科目前还不能做到所有护理人员均是高学历，但是我们的医院和护理管理层并没有因此放缓大家学习和上进的步伐，专门安排了护理教育专家来进行护士的毕业后再教育。很多时候人们做不好一件事，并不是他们不想做好，而是体系、背景、工作量没有匹配到个人能力，再者就是没有给他们良好的培训，所以护理教育专家在这个背景下应运而生，他们专门负责制定好的护理培训课程和教育体系。最后，专科执业护士是欧美非常流行的一种护理亚专业方向，这些护士在经过适当的培训后可以辅助医生参与病人管理、出院随访，等等。

所以你看，护理专业早就不是我们曾经以为的那些戴着护士帽，对你报以得体微笑的接待人员了。他们有自己的职业生涯规划，他们可以不单单做临床护理，他们的职业有着很多很多的可能性和斑斓色彩。

护士的专业特长：心理护理、伤口护理、ECMO护理、CRRT护理、院感护理、静脉通路穿刺护理、超声团队护理，等等

现代医学和护理还有一个特点，所需要的技术越来越复杂，所需要的设备越来越多，对人的照看越来越细致，因此护士在自己职业生涯的成长过程中可以根据兴趣爱好和个人特质选择适合自己的专业特长。比如，他们中有人考取了心理咨询师资格证，给病人做专业的心理咨询，开展心理护理，缓解病人的焦虑，大大改善患者的住院体验；有人专门做伤口护理，换药或者做不同类型的压疮处理，使用什么样的材料才能更为妥当地让压疮愈合都是他们的专业；他们中有人接受了关于ECMO这个救命神器的培训，此后参与机器的管理和维护，是我们接受ECMO治疗的病人得以存活的第一功臣。在这次新冠肺炎患者救治中，我们ECMO小组的护士又是所有护士中最辛苦的那群人，为了保证和家里一样的ECMO治疗水准，这4人小组，6小时一班轮班，寸步不离守在病人

基层医生的
抗疫纪事

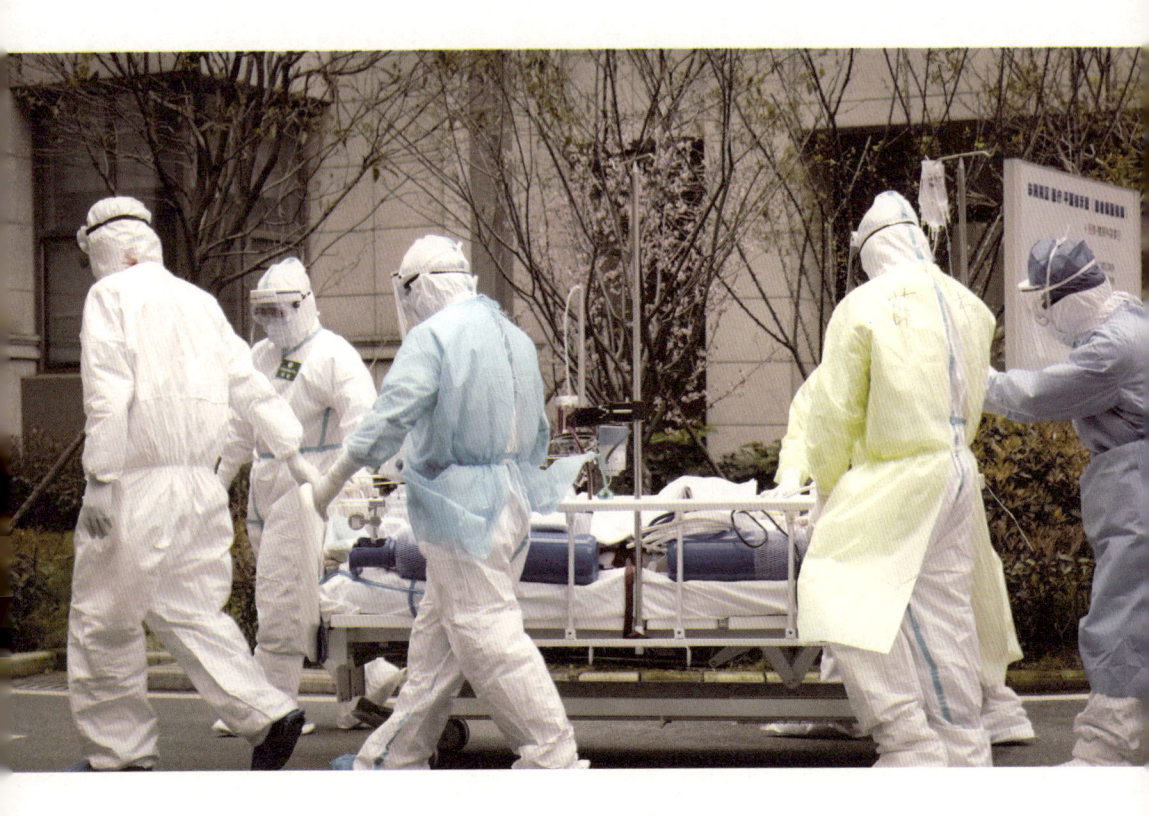

医护技团队精心护理、转运ECMO患者去做CT检查

床旁。如果遇到上机脱机做检查,他们中最辛苦的一个人单日上班10多个小时。也因此,他们在前线紧急培训了后备队员加入团队,最终为我们两个月间高质量管理4个接受ECMO治疗的病人奠定了坚实的基础。还有其他的护理专业特长,我就不一一赘述了,但是请你相信,他们绝对是一群身怀绝技的佼佼者。

新冠肺炎疫情期间的特殊工作内容:聊天、打扫环境、洗剪吹、生活照料、发饭、打开水、扫厕所、喂饭、买好吃的、当修理工……

这些大家自己脑补就可以了,但是这些都是事实。因为隔离区不像平时的病房,可以有家属,有护工,有数量充足的保洁大姐,所以就是我们护士干了这上述所有的工作。比如,Angela说想喝鸡汤,他们听到了就偷偷去买了来;有次我进隔离区看到我们护士妹妹在刷抖音,学习如何刷马桶更快捷有效,原来是有病人的厕所堵了,她在家并没有干过这些……

总之,护理的伙伴们尽己所能,给予了我们的患者朋友专业的护理和无微不至的照顾。将心比心,真是令人敬佩和感动。

护理来抗疫一线的真实内心写照

真实内心写照就是武汉有大批的病人需要照料,然后就报名了,然后就被选中了,于是就来了。他们每班4个小时,每天往后滚动,于是你看到他们的闹钟每天都不一样。生活并没有什么规律,所谓的三餐和定点睡眠根本就是奢侈的想法,可是这又有什么,既来之则安之,有多少护士老师在前线是靠着安眠药来强制睡眠的。这些,你又知道多少?可是,他们并没有说什么,每天静静地迎接属于自己在隔离区扎扎实实的4个小时。

假如我们这个社会不再有护理

我自己觉得护士是非常难干的职业。因为它既要求专业,又非常琐碎,还要不断跟人打交道——跟医生打交道,跟病人打交道,跟同行打交道,因此一名优秀的护士还得有同理心和高情商。加之医院和社会对护士总有高要求,因为他们是接触病人最多的一面镜子,所以我能够理解大众普遍对他们的高要求和希望。可是,他们也只是普普通通的子女、父母、妻子或者丈夫,有着属于自己的压力和不足。

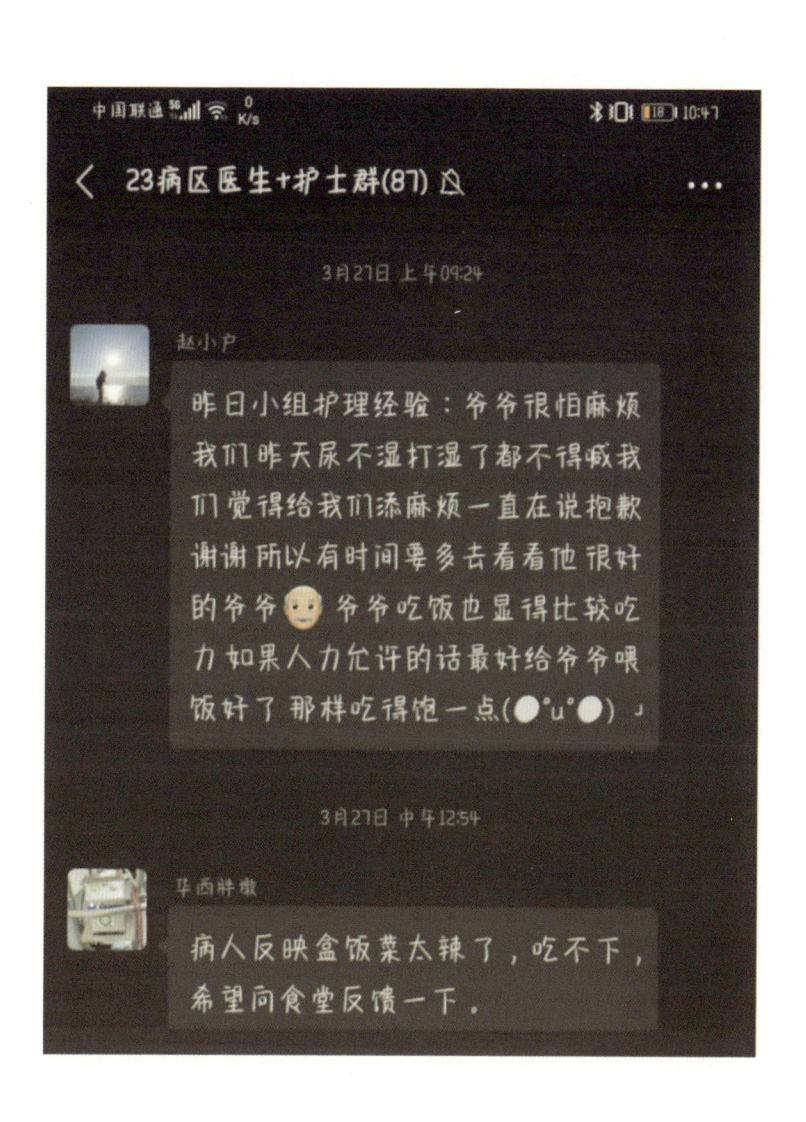

华西医院援鄂重症医学科护士们的日常护理交流

> **23病区医生+护士群(87)**
>
> 3月27日 上午09:24
>
> 赵小户
> 昨日小组护理经验：爷爷很怕麻烦我们昨天尿不湿打湿了都不得喊我们觉得给我们添麻烦一直在说抱歉谢谢所以有时间要多去看看他很好的爷爷👴爷爷吃饭也显得比较吃力如果人力允许的话最好给爷爷喂饭好了那样吃得饱一点(◕ᴗ◕)
>
> 3月27日 中午12:54
>
> 华西胖微
> 病人反映盒饭菜太辣了，吃不下，希望向食堂反馈一下。

任何行业，都有自己的不完美。护理行业也是，这跟护理专业的成长轨迹有关，跟这个队伍的执业人员素质参差不齐有关，也跟社会给予的关注和待遇有关。可是，一件事情如果不完美，我们是苛责、谩骂、诋毁、轻视好，还是体谅、宽容、帮助，进而构建一个稳定的自我成长体系好呢？

假如这个社会不再有护理，假如没有人愿意做护理，那我们的医疗系统会变成什么样子呢？这次新冠肺炎疫情中的病人会变成什么样子呢？三分靠医疗，七分靠护理，在我们这个30名医生、99名护士、1名工程师的团队里，谈起令我们骄傲的救治成绩，又有几分是纯粹属于我们医生的呢？护理人员，他们值得我们尊重和关爱！

这个世界会好吗

　　这个世界一定会好的。因为灾难带给我们的，除了灾难本身，还有人与人之间的爱和连接，按下暂停键后对自己的反思、对自己和周围世界连接的重新审视，以及记录、感受和灵感。

2020年4月21日，华西医院援鄂医疗队最后一批队员回归成都华西坝

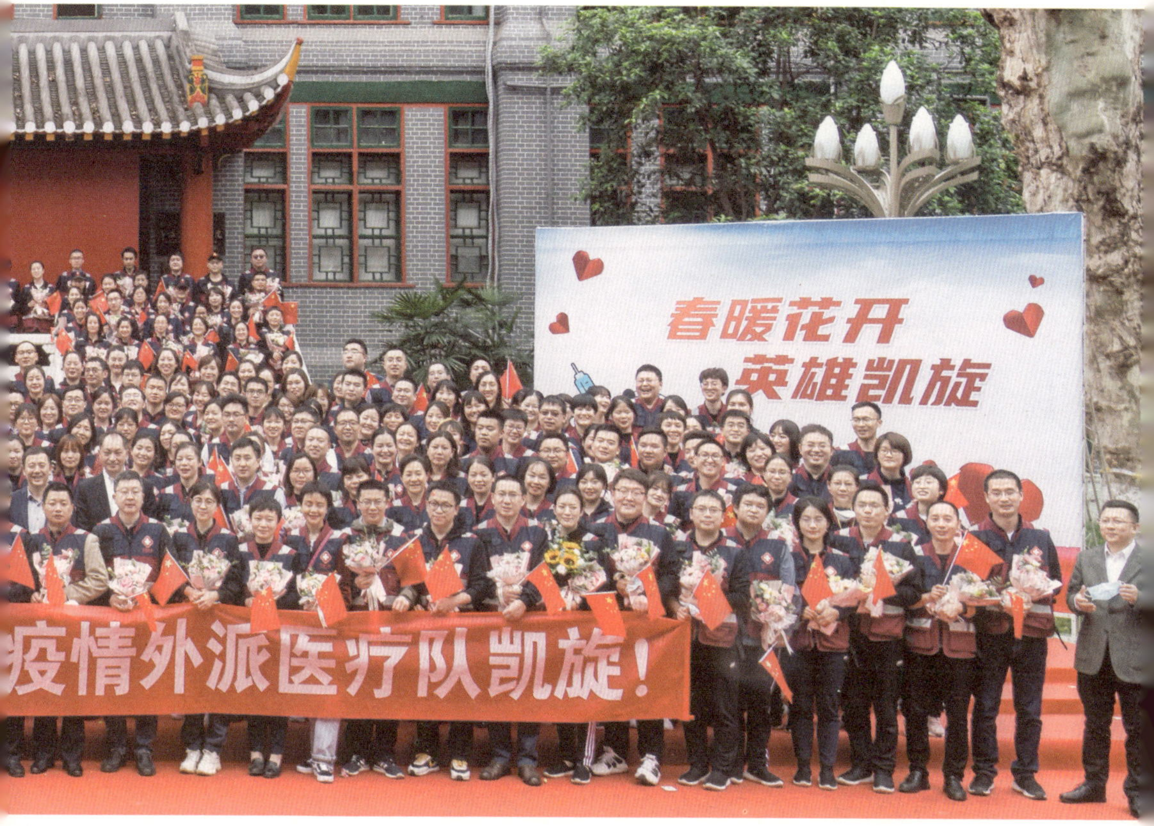
春暖花开
英雄凯旋
疫情外派医疗队凯旋！

今天是我们完成2个月援鄂任务，完成2周集体隔离休整，彻底回家后的第2天。

坐在写字台前无所事事，走的时候仅拉了一个26寸拉杆箱决然转身，回来的时候用两辆车的后备厢才装完所有的行李，只能自嘲是持家小能手。在武汉，跟姐姐说要很多的一次性内裤和袜子，列了清单后收到了一大堆，穿不完的带回来；在武汉，跟闺蜜说馋成都的卤菜，于是本色卤安排上了，还附赠了牛板筋和一张让我泪崩的手写卡片，于是，吃不完的带回来，卡片也带回来；在武汉，跟老板娘说可不可以有胃药和眼药水还有面膜，下一周安排上了，所以用不完的统统带回来；在武汉，岳老师让家里的闺蜜给大家寄了一箱又一箱的水杯，所以每天早上大家使用同款水杯一起泡茶也是那段时间的趣事之一，于是，杯子也被我鬼使神差地带回来。说不清楚舍不得丢掉的是物品本身还是记忆，可是装行李的时候就是舍不得，这个也有意义，那个也有用处。

今天早上，大家还是照旧在群里叽叽喳喳聊天，"光速美少女"昨晚就赶去做了头发种了睫毛，勤劳的雪姐在我起床的时候已经带狗儿去遛了两圈，宝妈说"神兽"让她一早上不得消停，最搞笑的是赵老师，他说"睡到半夜醒来发现旁边有个人，吓死老子了"，还有人说已经要去买菜做饭了，怀念领盒饭的日子……这样的他们既真实又可爱，每个人都回归自己的烟火气可真好。

昨天站在老八教面前，锣鼓喧天，彩旗飘扬，皮西西说"你们终于回来了"。人群中爸爸妈妈远远地朝我招手或者点头，爸爸拿着手机对我一直拍，我有点局促，不知道该摆出什么姿势和表情配合他。虽然到今天他也没有把照片给我看，我猜那里面肯定没有什么构图可言，说不定人物都是模糊的，可是在那一刻，我知道他所有的思念都汇聚在一次又一次按下手机快门的当下了。站台对面，专门搭设了一个媒体摄影区域，聚光灯下摄影师按下无数次快门的时候，我有点恍惚，上午还在黑龙潭洲际酒店收行李，现在已经在我最熟悉的华西坝，马上面见家人和朋友了。

仪式结束，顾不上是不是还有什么科室合影的环节，奔向爸爸妈妈所在的方向。妈妈抱着我号啕大哭，2个月的委屈和挂念，化作了分也分不开的拥抱和止不住的眼泪。我曾在一篇战地笔记里写过，真正不容易的是在家里担惊受怕的亲人和朋友，这74天中他们压抑担忧，隐藏恐惧，彼此以最阳光积极的一面在微信上相见。等到真的见到触摸到，千

基鹏医生的
抗疫纪事

华西-武大新冠肺炎重症救治中心23病区关门大吉

言万语比不上一个深情的拥抱，紧紧贴在一起，听到呼吸，感受到温度。

最近这2个月我一直在问自己，疫情到底改变了我什么。想来想去，胡乱记录下点滴，其实可能远不止于此。

国泰民安就是幸福

有国才有家，绝不是一句又红又专的歌词而已。没有人是一座孤岛，一场疫情背后是国家层面的调度和救援。在前线，我们靠不了家人也靠不住自己，唯有依靠国家和集体。做好本职工作，守护好病人，也就守护了远方的小家，守护了国家。几天前Angela康复回家了，她说家是让她觉得最温暖和安全的地方。对老百姓而言，谁又不是呢？早上我睡懒觉，爸爸晨练，妈妈收拾我带回来的一大堆东西；中午妈妈做炸酱面，然后我们吃饭；下午爸爸给一家人刷鞋，我去寄快递然后收拾东西，妈妈继续悄咪咪在厨房里不知道干什么活（为什么我妈一直在干活……）；现在我码字，爸爸锻炼，妈妈和面，时不时问我一句，喝不喝水，吃不吃水果，冷不冷。琐碎一家人，各干各的事情的一家人，完完整整的一家人。

生活可能还能更简单一点

这74天是人生中少有的无须考虑衣着搭配、应酬、社交的日子，两点一线反而让人有更多的时间跟自己好好相处。在这个充斥着信息、物质的聒噪的世界大背景下，多了不少的时间跟自己对话，多了不少的机会识别真正的情绪源头。我发现自己其实好像也不太能够应付得了眼花缭乱的生活方式，连吃什么好像也没有那么重要。吃一个多月盒饭后的一顿山寨肯德基+快乐"肥宅水"，就能够让我高兴得飞起来。回家后热热闹闹的火锅，也觉得挺好。

收获了一些人

在这个部分，我似乎一直是幸运的。佳佳说，今天在行政楼里一个老师拦住她，问是不是跟我关系很好，她说她是我的粉丝。其实这段时间一直都有各种各样神奇的收获。有与武汉东院区的本院医生建立的友谊，有队内战友间的革命情谊，有通过宣传部找到我的谭爷爷，也有通过文字认识我的网络那头不知名的人们。他们不约而同地施予善意和赞赏，让你相信自己值得拥有这一切美好的存在。所以，谢谢你们。生活的锤炼让我们勇敢，真诚和爱让我们更勇敢。

强烈地希望这个世界能够更好一点的使命感

其实一直都没有告诉爸爸妈妈，我是第一批主动报名要求参加驰援的，总觉得说出来自己就更像是个没有责任感的坏孩子，直到今天中午跟妈妈聊天才坦白。她说我离开家以后，她特别自责，觉得当年建议我选择医学的决定毁掉了我一生的安稳和太平，仿佛我前往疫情一线是她一手造成的。我跟妈妈说，决定我去一线的不是我的身份，是我内心强烈的使命感和希望能够帮助到别人的赤忱。武汉抗疫，全国抗疫，全民抗疫，医务人员只是被报道最多的群体而已。我跟妈妈讲高博和小年的故事，讲他们学的摄影跟抗击疫情风马牛不相及，可是他们觉得需要为这个时代记录下影像资料，于是跑来前线，天天跟我们进隔离区。我跟妈妈讲闺蜜在疾控中心从春节到现在一直没有休息，讲在酒店照顾我们的工作人员、公交车司机或者在家里闲不住来给我们做咖啡的武汉小姑娘（她做的拿铁真的非常棒）。他们谁都没有学医，可是疫情面前他们谁也没有缺席。我跟妈妈说，就算我不学医，学了其他的，我也一定会用我的方式参加到抗击疫情的战斗中去，那是因为我的心就是这样的。

来酒店为华西援鄂医疗队送行的武汉小朋友

妈妈点点头，我也在心里对自己点点头。希望这个世界能够好一点，这股热忱，我很庆幸自己到现在，35岁，仍然有。

记录的重要性

我很感谢《白衣逆行》文末333573的阅读量，这大概是我这辈子再也没有办法企及的一个巅峰了。因为这个数字的鼓励，才有了接下来的十多篇笔记。我想人生是特别需要记录的旅程，回顾这十多篇战地笔记，我感恩自己坚持工作之余的记录和反思，让自己有文字的记载来记住这个难忘的2020年的春天。风萧萧兮易水寒，每个人的宿命都是类似的。可是，有生之年，文字带给自己或者别人的力量，大概不会轻易磨灭。所以，谢谢你们陪伴我这一路，也希望自己在工作之余能够继续坚持记录，说好的探秘ICU系列，没准会在某个时机成熟的时候慢慢出来。

回到标题的那个问题，这个世界会好吗？一定会！祝你们一切都好，我也好。

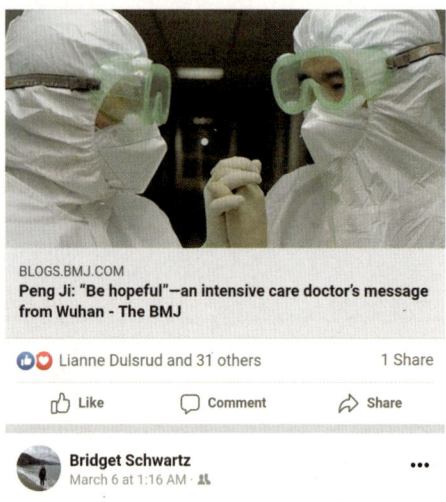

战地笔记英文版刊登在BMJ（British Medical Journal，英国医学杂志）——被以前留学加拿大时的老师转发

后疫情时代

经历了武汉抗疫再回过头审视自己回归工作岗位后的日常，对重症医学这个学科的认识和自己角色的认知都有了些不一样的地方。时光在茸，疫情终究会过去，而我们早已不是开始的那个我们了。

美国疫情此起彼伏加上大选沸沸扬扬，欧洲第二波疫情反扑来势汹汹，多地再度锁国，妹妹在意大利回不来。国内的"重症八仙"始终得不到充分的休息，化身救火队员到处随时待命。算算，师傅今年已经超过半年在外驰援，防护服下的春夏秋冬，都感受了一遍。

疫情到底何时结束，我们算不算处于"后疫情时代"，在我心里仍然要打个大大的问号。回来上班正好半年，一直在观察自己和身边的人，思考这场还无法完全结束的战役，到底影响了做ICU工作的我们什么。

忙碌的工作和超负荷运转变不了

ICU医生的工作量在这种前提下大概只能增加，不会减少。科室时不时都要准备安排人前往前线支援，而医教研的总工作量并不会减少，加上前半年部分手术科室大规模停摆，活路都攒在了一起。压力是真的蛮大。

ICU的学科地位和重要属性被更多人所熟知和接受

ICU作为一门年轻的综合学科,虽然在我们看来又难又专知识面又广,但在许许多多内外科老师的心中却未见得这么想。我们不像外科医生手起刀落祛病除根,不像心内科医生在血管里操作一通就化险为夷,也不像内分泌科医生可以每个月定期看看病人,给他们一套好的药物方案并不断随访。我们擅长什么?如果我说救命,会不会被嘲笑。但是事实确实如此。

现代医学亚专业分科不断细化,加上通识教育的时长有限,导致疑难和危重症病人的救治往往被割裂对待。因为疾病的发生并非都是按教科书来的,牵一发而动全身的疾病规律导致危重症病人往往是全身多器官功能受累,所以ICU是什么?ICU是危重症患者命悬一线时最后一个生的希望,ICU医生最重要的基本功就在于如火眼金睛般的预判能力。知道谁安全,谁危险,谁已经在悬崖边上快要滑落,在还没有发生恶劣后果的时候提前给予干预,是我自己认为一名优秀ICU医生追求的方向和能力。

在武汉的经历让我充分感受到,我们医疗队贡献的低死亡率,并不是因为我们心肺复苏的技能多么优秀,或者我们多么不怕死,又或者我们的设备多么高级。重要的是我们把病人分层管理,从中风险患者就开始密切关注，早期干预，及时控制，而对高风险和危重症患者集中全部力量充分救治。对于这部分中风险患者，提前介入的ICU治疗其实是非常重要的。呼吸治疗师和医护团队的每日评估，无创呼吸支持手段和早期介入，呼吸康复的及早实现，甚至俯卧位治疗、营养支持、液体平衡、心功能评价等措施都已经超前到了这个阶段来做，对于减少危重症患者数量，提高病人救治效能，成果显著。

回归到日常工作，ICU参与危重症病人管理，绝不仅仅是病人不行了才喊我们。这一点，我们在武汉一起工作的小伙伴们想必感受颇深。所以到现在，我们还是会时不时相互交流自己病人的情况。老王在感染科的病人不好了吼一声，大家七嘴八舌出出主意。老慕自己的病人的呼吸机工作不好，薛杨跑去看一看。我负责的小孩的起搏器工作不了，心电图乱七八糟，老徐给我支支招。我觉得这样挺好的，有一群亲人在后面给你扎起的感觉，挺好的。

当然，ICU是一门年轻的学科，我们仍然有许许多多的不足，不说其他的，就说知识的深度和广度，肯定有许许多多值得学习的地方，我们在专科疾病的诊治方面也多有不足和欠妥之处。而如何更加有机地将ICU作为平台科室的属性和普通病房结合，也是我们一直在工作和努力的方向。

家属探视和人文项目的开展困难重重

疫情以来,我们ICU取消了家属探视,因为这样便于人员管控和杜绝可能的疾病传播。但是,小朋友在ICU的生活很孤单,而我自己一直想做的病房及ICU的床旁关怀项目也完全没办法进行。那天,以前一起合作自由戏剧的老师问我:"现在还能来给小孩唱歌讲故事吗?"我无奈地摇摇头。还有一个已经住了2个月的小朋友,他的妈妈问我能否看看他,她眼睛里写满了担忧和舍不得。

其实我也在想,是不是该做些什么适应疫情期间的这种变化,既不违背整个大的院感原则,又能在某种程度上满足小孩和父母彼此照面的心愿。不知道其他ICU的小伙伴们是怎么做的呢。

最后,说说我自己。

最近压力挺大的,对病房里的小孩的治疗也不是那么顺利。跟那个已经住了2个月的小孩的妈妈沟通病情,手术做完娃娃心功能一直不恢复,连我自己都没什么信心了。听我讲了一大堆以后,她给我说:"我真的舍不得,我们再坚持两周好不好?他小时候特别特别乖,自己都能一个人安安静静地在阳台上玩。"她边说边给我看小孩的视频:笑嘻嘻的小朋友,在阳光里面,干干净净的。我对她说:"那好,只要你说再试试,我们就一起再试试。"

这位妈妈走了,我问管床大夫:"你觉得小孩能活吗?我们还该坚持吗?"他特别认真地点点头:"我觉得可以,我们再努努力吧。"说话的声音是坚定的,说话时的眸子亮晶晶的。于是,我也在心里对自己点点头,一定要尽全力,不留遗憾。没有想到最近一次心灵被疗愈,是受到小孩家长和我带的年轻医生的影响。写下这些字希望小孩能好起来,也鞭策自己一定一定尽全力。

好了,不能再写了。现在的日子,写写字似乎也是奢侈的。其实我就是太久没写了,好多话想说,也想你们。祝我们一切都好。

我眼中"好"的抗疫医疗队

　　发于疫情而并不止于疫情。我们需要思考，什么样的医疗队是好的医疗队，什么样的领队是好的领队，什么样的总结和得失是我们需要的。疫情终会过去，但不会被历史淹没，因为，这段经历我们不会忘记。下一次灾难来袭前，我们能准备得好一些吗？

基鹏医生的抗疫纪事

假如2020年没有新冠肺炎，这个世界会有什么不一样呢？此刻你是在春熙路庆祝圣诞，还是在跟好友谋划跨年国际旅行？我猜，那样的话，有些家庭不会痛失亲人，好多小伙伴的厨艺不会进步，妹妹应该已经从意大利学成回国，而我，不会认识小年，更不会有这些文字和四千多小伙伴。

此刻我在想：这次抗疫，我能为这个社会和时代留下些什么？除了我在疫情一线的所思所想，也许，还有我个人对于驰援抗疫队伍应该如何组建的浅薄见解。

当然，我只是临床一线的普通医生，既没有医疗卫生行政部门的胸怀和全局观，也没有医院领导层的魄力和见识。写这个题目未免班门弄斧，但是，还是想从个人角度出发，简单谈谈在我眼中，一个什么样的抗疫队伍是专业高效和具备队魂的。

医护技工多学科团队人才缺一不可

这支抗疫队伍在组建初期，需要借助灾难医学的思路，充分考虑到前线可能遇到的情况和人员需求。现代医学越来越向专科化的形态发展，这种集中更容易让医生在某一个领域专注突破，但是也导致他们对平行学科的知识和技能可能有欠缺或存在疏离感。心内科以外的医生很多看不懂心电图，不会处理心律失常，神经内科以外的医生很多不知道最新的卒中处理指南和MRI（磁共振成像）咋个阅读，医生不懂护士咋个让病人的压疮一点点通过换药得以缓解，ICU的医生更不懂心理学专业的医护咋个让抑郁的老大爷逐渐展开笑颜。呼吸治疗师在抗疫前线赋予了呼吸治疗化腐朽为神奇的力量；气体工程师将解决全院供氧的线路改造图纸拿给我们看，我们连头脑都摸不到；院感专家变成了医护的保护伞，把你庇护在他们的专业下，我们保护病人，院感专家保护我们。

所以你看，谁也少不了。

如果没有亲身经历过，你可能很难理解自己所掌握的知识已经落后到像有半截埋在土里的历史遗迹了。8个月时间，新冠肺炎诊疗指南都更新了8版，这个世界变化之快，资讯爆炸令你我始料不及。

因此，充分调研，针对不同的应急需求组建不同的团队，兼顾医护的专业技能和知识水平，兼顾人员的年资水平，同时考虑到医护以外的其他重要岗位。我认为，这份在出发之前的预判和智慧，是决定日后工作成败的先决条件。

什么样的人来做领队决定了队魂

在我心里，一个好的领队，是一个团队队魂至关重要的决定因素。这个人需要对我们即将面对的疾病和情况有一定的知识储备和快速学习的能力，具备将合适的人安排在合适岗位的领导力，也需要具备以德服人的人品和胸怀。能够当好领队的人，一定是具备真正大智慧的人。他需要面对压力和懂得释放压力，心理素质过硬，沟通力强，且坚持不懈和坚忍不拔。当然，还得身体好。记得师傅在前线说，日子再难也要过啊。所有的队员都能去找领队说"我干不下去了""我累了""我害怕""我想哭"，但是领队可能只有偷偷哭，哭完还得撸起袖子干。同时，他也需要体谅队员的各种心理不适，并且对团队的工作内容和形式及时进行重组和变通安排。

我很庆幸自己有这样的团队，并能够遇到师傅这样的领队，所以才能有"蜀你最好"那颗桂花树的故事。狂风暴雨夜，我们团队前日刚刚栽好的"蜀你最好"在风雨中飘摇，有队员在微信群里发消息担心我们小树苗的安危，凌晨2点一队下夜班的护士硬生生在大风大雨中把小树苗扶正栽好。当问起他们到底是怎么想的，第二天去扶是不是也一样，他们斩钉截铁地说："华西的树不能倒！"这句话被我铭记至今，并将一直铭记。在武汉的那些日子里，我想我们这支队伍的队魂便是"华西的树不能倒"。

兵马未动，粮草先行

从某种意义上而言，抗疫也可以认为是一场资源消耗的持久战，是医疗及其后勤同病毒及其传播的大对决。要做到早期阻断和摸排，势必要有足够多的试剂和检测人员。筛查出来的病人要做到治疗落实，势必要有足够多（或者说基本满足需要）的床位和医务人员（这未必指医务人员的绝对数量，比如方舱医院这样的分级管理制度允许合理调派和安排人手也很好）。医务人员要让各项救治措施落地，势必要有足够多的药品、器械和医疗设备。医务人员要能持久工作，势必要有良好和足够的防护设备以及充足的生活物资保障。

华西医院提供了多少批物资保障前线队员的生活我就不说了，但是从一线医务人员的角度而言，被自己后方单位照顾和牵挂的感觉真的非常贴心。穷家富路，在大本营的防护物资存在缺口的时候，医院依然让我们随队带走了库房大部分防护物品。

有时候，家的意义可能不在于她有多么完美和漂亮，家的意义在于温暖和信念，让你知道不管漂泊多远都有一个地方牵挂你，一群家人笃定地守望你。很难说那些"自嗨锅"在多大程度上安抚了我的胃，但是这种粮草物资的不间断补给和那些熟悉的味道，在那段难忘的岁月里，一次又一次给我信心和安慰。

科学抗疫，畅所欲言

一个好的前线团队还需要营造一种充满学术气息，能够高效沟通、畅所欲言的氛围。这个事情说起来很玄幻，甚至现在回想起来我也不知道这种氛围是怎么建立起来的。也许，是领队创建的查房氛围；也许，是优秀的队员令人赞叹的专业能力；也许，是敬业精神构建的彼此信任；又也许，是秉承学术性，在前线依旧不忘记总结得失，不断进取，甚至写科普文做研究的专业态度。

而说到科学抗疫，我认为临床医生需要秉承实事求是的态度做学问。一方面我们需要将自己的临床行为基于循证和辩证，尽可能以数据和证据作指导，而非由经验和资历来决定。另一方面我们可能也需要将所见所闻浓缩成见解和论文，但同时也要平衡临床和科研的工作量和付出，毕竟救人才是我们的本分。这方面我这个科研小白没有任何发言权，但是我隐隐觉得，前线有太多的临床现象和数据值得挖掘和总结。如何在疾病开始的时候或者说总结前一次治疗经验的时候，构建整体数据的收集和研究方案，这对于我们早期理清疾病规律，可能比急功近利发文章和灌水具有更普适的意义和价值。

不过，这一点我虽然这么相信，但是力不能及。科研能力的培养，也使我逐渐认识到自己身上的不足。好的临床医生，必定需要静下心来提升科研能力，用更循证的方式规范和要求自己的医疗行为。

之所以在写了许许多多篇抗疫的文章过后，又狗尾续貂般地来这么一篇，是因为我以为，真正从抗疫一线医务人员自身感受来谈团队建设的文章也许并不多见。同时我也以为，人类和疾病、灾难不断斗争的态势不会改变。没有新冠肺炎，依然会有其他的不幸可能到来。那么，在下一次灾难到来之前，愿我们能准备得更充分一点，能有更少的人牺牲，能有更多的人幸存，能有更多优秀的领导者出现，能有更早一些的培训未雨绸缪，是我在2020年的这个冬天里的一小点企盼和希望。

最后，在这个圣诞的日子里，祝你们平安顺遂。明年这个时候，我希望圣诞老爷爷没有戴着口罩没被隔离没有缺席,希望那时候的我们都能在甜甜的梦里期待醒来以后袜子里面的小礼物。

愿这个世界安好……

后　记

2021年1月21日，师傅第六次出征抗疫，奔赴河北石家庄，为前线新冠肺炎重症患者的救治提供支援。

时光飞逝，再过些天，就是我们医疗队援鄂满一年的日子了。可是，到如今，新冠肺炎的国际抗疫形势依然严峻，国内抗疫的压力仍然十分巨大，各地此消彼长的零散疫情病例，更是牵动着国人的心。只是，这一次的我们，看似跟从前一样，却也十分不一样。这一次的我们，有了疫苗，多了从容，有了章法，提高了检测能力，俨然早已从最初应对新冠肺炎的遭遇战变成了阻击战。

当初我们在武汉的领队，也化身救火队员，一次又一次出现在遏制疫情蔓延的征途上。好像变成了一种约定俗成，师傅每次支援一个地方之前，医疗队的群就会沸腾一次。因为师傅或者说医疗队里每一个战友的平安，已然成了整个华西援鄂医疗队集体的牵挂。

即将一年，我又长大了一岁，跨年地点从2020年的墨尔本转移到了2021年的成都；我有了一个自己喜欢的男朋友，他胖乎乎爱撒娇，愿意把他的时间分给我，陪我做我喜欢做的和想做的事（偷偷说，他是我在

基鹏医生的抗疫纪事

武汉认识的);敏敏师弟的女儿荷叶满周岁了,乖乖的,特别喜欢笑;薛杨当完了住院总;雪姐和薄姐姐都在各自的岗位上继续守护她们的初心;"ECMO爸爸"赖大叔依旧忙碌,医院ECMO的使用越来越多,他总奔波在救命的道路上;鹏哥总是一脸认真地对我说,很多事情我们如果想做一定可以做得到;老徐忙得脚不沾地,但不管多忙,我发过去的患者的心电图和心律失常表征,他都会抽空回复我,指导我调整病人的治疗方案;老王又回到了传染科"肝穿小王子"的岗位,依旧那么耿直;老吕神龙见首不见尾,虽然在同一家医院,我也只能在朋友圈和微信群里看到他的消息;"CRRT小王子"张凌老师,在他自己热爱的岗位上继续救人教书育人,依旧从容,彬彬有礼;岳老师瘦了更漂亮了,再次见到依旧是笑意盈盈、温温柔柔的样子;尹二哥回到成都依旧打鸡血,把重症超声理念不断植入ICU医生心中;赵老师回家又可以畅快品酒了,偶尔看到他在院内出现时的身影,总想起他在前线编的那些搞笑的段子;武汉的小胖和娜娜来成都看我们了,战友聚会见面忆当时,依然责任在肩;Angela已经恢复了正常的工作生活,她说除了减肥不成功,其他都很好,唯一就是儿子小布丁缺乏安全感,害怕妈妈出门和离开他,还需要靠陪伴慢慢修复。

看到大家在自己的生活中绽放发光,心里是矛盾的。一方面怀念一起奋斗的日子,一方面也很开心他们各得其所。但是我心里知道,不管大家现在见面的时间多么少,如果有一天,有个人说"我们再为了某一个目标拼一把,好不好",我相信,那个答案,永远,都会是——YES!

  愿师傅平平安安,愿我们平平安安!愿疫情早日消退,愿全人类的这场浩劫能够尽快结束!

感谢四川大学华西医院第三批援鄂医疗队的全体战友！这本书是属于我们130个人的共同回忆！

感谢郭浩然、高博、唐舸、刘逸文、卫新月、许静、赖巍、王鹏、薛杨及四川大学华西医院第三批援鄂医疗队全体成员为本书的出版提供了大量宝贵的图片！

作者已通过各种途径联系其他图片的权利人，但仍有部分无法取得联系。我们真诚感谢每一位图片权利人，从尊重图片著作权及个人权益的角度出发，对尚未取得联系的权利人表示深深的歉意。请得知本书出版的图片权利人及时与作者联系。